# FRANCK/WEINREB
## ZEICHEN AUS DEM NICHTS

*Für Ilse
zum 13.III.84
von Jochen*

# Zeichen aus dem Nichts

## Bilder von Dieter Franck
## Mit Texten von Friedrich Weinreb

### Herausgegeben und eingeleitet von
### Christian Schneider

### Thauros Verlag
### München

1. Auflage
© 1980 Thauros Verlag GmbH   Zentnerstraße 32   D-8000 München 40
Typografie Rudolf P. Gorbach
Herstellung Gorbach GmbH Gauting
Lithografie Reprodienst Steininger München
Fotosatz Partner Satz Ingolstadt
Druck und Bindung Ludwig Auer Donauwörth
Printed in Germany
ISBN 3-88411-007-1

# Inhalt

**Christian Schneider**
KUNST UND ÜBERLIEFERUNG
7

**Dieter Franck / Friedrich Weinreb**
DIE ZWEIUNDZWANZIG ZEICHEN
13

SYMBOLIK DER ZEICHEN
59

AUS DER ÜBERLIEFERUNG
69

DIE AUTOREN
77

NACHWEISE
79

# KUNST UND ÜBERLIEFERUNG
## Christian Schneider

Dieses Buch ist die Frucht einer Begegnung. Zwei Menschen, zwei Lebensweisen, zwei Herkünfte treffen sich. Ein Maler aus dem Hohenlohischen und ein Chassid aus Podolien. Dabei wird – Zeichen jeder echten Begegnung – als große Überraschung die gemeinsame Wurzel sichtbar. Das Erlebnis solcher Gemeinsamkeit im Wesentlichen möchte sich mitteilen, denn dabei könnte auch für andere etwas sehr Wichtiges aufblitzen, für das es keinen Namen gibt, obwohl es jeder als »Sinn des Ganzen« fühlt und ersehnt.

Unsere Zeit ist reich an Begegnungen. Aber sie bleiben meist unfruchtbar, ihre Unfruchtbarkeit entspricht ihrer Fülle. Theorien, Meinungen, Weltanschauungen können sich eigentlich nicht begegnen, sondern nur aneinander messen. Wenn sie nicht »Recht haben wollen«, dann wollen sie Toleranz zeigen, also oft nur eine den Rücken krümmende »Belastbarkeit«. Begegnen können sich nur Menschen. Und das geschieht in jenem Bereich, in dem sie ungeteilt und unteilbar als Menschen leben. Ein sehr verborgener Bereich, so verborgen, daß man kaum glauben möchte, daß es ihn gibt. Aber in Umkehrung zu der uns gewohnten Logik gilt hier: Je verborgener desto wirklicher.

Alle Kunst lebt aus diesem Bereich ihrer Schöpfer. Man nennt Kunstwerke gern »unvergänglich«; darin hat sich altes Wissen vom »ewigen Leben« erhalten. Im Lebensbereich des Ewigen ist der Mensch nicht der Vergänglichkeit unterworfen. Und sind Kunstwerke nicht Manifestationen des Glaubens an eine Freiheit, dem aller Augenschein widerspricht?

Wovon erzählt die Überlieferung? Also all die Mythen, Märchen und Geschichten, die selbst sehr vieles vernichtende Zeiten überdauern? Sie können gar nicht verlorengehen, denn sie bleiben aufbewahrt im Erleben derer, die sie hören und erzählen. Sind sie vielleicht Ausdruck des Bereiches im Menschen, in dem er ewig lebt?

Wir tun uns heute schwer mit Geschichten, beim Erzählen wie beim Zuhören. Jedenfalls unserer faktenhungrigen, »sachlichen«, gleichsam wissenschaftlichen Seite geht es so; unsere kindliche, spontane, schöpferische Seite dagegen sehnt sich, lechzt nach Geschichten, und je reicher und vieldeutiger diese erzählen, desto lieber und staunender hört sie zu.

Die Überlieferungen aller Kulturen – also das Älteste, was wir wissen – bestehen aus Geschichten. Sie erzählen vom Ursprung und vom Ende, vom Kampf und vom Frieden, vom Glanz des Lichts und vom dunklen Abgrund. Sie sind ein unerschöpfliches Reservoir, aus dem jeder schöpft, der erzählt, der träumt, der phantasiert.

Unser wissenschaftlich, vor allem naturwissenschaftlich geprägtes Zeitalter kann mit dem Erleben von Geschichten nicht viel anfangen; es muß sie töten, um sie sezieren zu können. Der kritische, aufs Zerteilen und Distanzieren ausgerichtete Intellekt, immer dem Objektiven nachjagend, entfaltet seine »Mythen« in mächtigen, kalten Apparaten, metallisch, blitzend, gleichförmig und zuverlässig. Erst wenn alles erstarrt ist, kann es dort funktionieren, wo man es gerade braucht. Solange es lebt, bildet es eine ständige Störungsquelle für das Ingenieurideal reibungsloser Funktionen.

Wie verhält sich die Wissenschaft – und damit also auch die »sachliche« Seite im Menschen – zu den alten Geschichten? Deren Existenz sie nicht leugnen kann, die zudem viel älter sind als jede Wissenschaft? Sie klassifiziert und rubriziert; sie spekuliert Gelehrtenleben-lang über mögliche Autorenschaften, im Beweisen wie im Bestreiten; sie verliert sich in Bibliotheken-füllenden Datierungsfragen. So bringt man die Geschichten auf Distanz, damit sie ja den Menschen nicht berühren können.

Der Künstler aber wünscht sich Berührung, wie sie das Kind sich wünscht, wie alles Schöpferische im Menschen von Berührung lebt. Ist Kunst nicht auch die Frucht der Bereitschaft, sich berühren zu lassen? Warum wohl formulieren so auffällig viele Kunstwerke unseres technischen Zeitalters auf fast verletzende Art die rätselhaften Krankheitssymptome einer lähmenden Berührungsangst? Bezeichnend für die Gegenwart sind therapeutische Versuche, mit den Menschen das Sich-berühren-lassen-können wieder einzuüben als sei es etwas Verlorengegangenes.

Die Überlieferung des Judentums ist ihrem Wesen nach einer wissenschaftlich-sezierenden Methodik unzugänglich. Wer sich ihr mit diesem Anspruch nähert, steht vor endgültig verschlossenen Toren. Das Scheitern namhafter Wissenschaftler hat dennoch einen sehr fruchtbaren Aspekt: Jetzt ist mit wissenschaftlicher Deutlichkeit klar, daß die Zugänge *ganz anderer* Art sein müssen.

Ein ähnliches fruchtbares Scheitern des wissenschaftlichen Instrumentariums zeichnet sich schon seit einiger Zeit in den Bereichen der Kunst und der Religion ab. Kunstwissenschaft und Theologie führen gleichsam gesonderte Wissenschafts-Leben, die schöpferische Berührung und Religiosität weitgehend ausschließen. So intensiv und selbstverständlich hat man an den Universitäten das Zum-Gegenstand-machen eingeübt, daß in einer stark vergegenständlichten geistigen Welt das Ich allein, isoliert und unverbunden herumirrt. Und klagt es seine Not, wird es erneut aufs Objektive verwiesen und gerät nur noch tiefer in Abgetrenntheit.

In dieser verzweifelten Entfremdung aber liegt doch die rettende Chance. Denn jetzt *weiß* man, daß das Prolongieren wissenschaftlicher Methodik mit ihren unerschöpflichen Verfeinerungen niemals zum Durchbruch in den ersehnten, rettenden, verbindenden Zusammenhang führen kann. Jetzt *weiß* man, daß das Vertrauen zwischen Eheleuten weder von guten Argumenten lebt noch durch kritische Aussprachen hergestellt werden kann. Jetzt, im schmerzhaften Scheitern, offenbart sich wirklich königlich die andere, von kausaler Besessenheit verschüttet gewesene Seite im Menschen. Dort gilt nicht Quantität, sondern Qualität; und deren Maßstab ist die Intensität der Hinneigung, der Sehnsucht, der Hoffnung. Dort gilt das »Prinzip Hoffnung«.

Die Überlieferung lebt vom Erzählen. Im Erzählen werden die Geschichten erlebt und weitergegeben, gehört und empfangen. Die Fähigkeit zu erzählen, wie auch die Fähigkeit zuzuhören, ist zentral in der ganzen Lebensweise des Menschen verwurzelt. Wie du lebst, so erzählst du, hörst du zu. Und man nennt Erzählen und Zuhören »eine Kunst«. Überlieferung und Kunst berühren sich hier. Das wahre Kunstwerk kann nur aus der ganzen Lebensweise eines Menschen hervorkommen. Wenn der ganze Mensch in Spezialisten zerbricht, kann nur eine gebrochene, eine kranke Kunst entstehen.

Friedrich Weinreb war jahrzehntelang im Hauptberuf Wissenschaftler; gleichzeitig aber lebte in ihm die Überlieferung, denn sie konnte sich sozusagen von seiner Lebensweise nähren. Und je übermächtiger sich die Wissenschaft in ihren technologischen Anwendungsmöglichkeiten breitmachte, desto stärker drängte die andere Seite, die Überlieferung, zum Erzählen. So gerät Weinrebs Leben zum Traumleben, erzählend, was er erlebt, das lebend, was er erzählt. Wie könnte auch ein Mensch die Überlieferung empfangen und für sich behalten? Überlieferung heißt eben: Weitergeben, was man empfängt, verbinden, was trennt.

Die Begegnung mit Weinreb war für Dieter Franck eine Sternstunde seiner Kunst. Lebt nicht wahre Kunst vom Traum, das Getrennte zu vereinigen? Und vor allem in einer Zeit, in der die meisten Künstler im Ausdrücken des Trennenden, der Bruch- und Schadstellen, mit dem Formulieren ihrer Not beschäftigt sind, bringt die Stimme des alten Wissens die Gewißheit eines alles erfüllenden Zusammenhanges. Der hebt die Gegensätze nicht auf, sondern macht sie fruchtbar; der meint nicht die generalisierenden Tendenzen der Gleichmacherei, sondern bezieht seine Kraft aus der unerschöpflichen Fülle des Verschiedenen.

Das alte Wissen der jüdischen Überlieferung ist ein Besitz, der tief verborgen – das bedeutet hier »alt« – in jedem Menschen ruht. Es vermag sich in die Sprache jeder Zeit und in das Verhalten jedes Temperamentes zu übersetzen, aber nur in verbindendem Erleben des Einzelnen, nie in distanzierendem Studieren. Das Erleben seiner selbst aber scheint die größten Schwierigkeiten zu bereiten in einer Zeit, die ein Gewirr von Pseudo-Verbindungen installiert und Systeme anonymen Helfens zu propagieren gezwungen ist. Daher rührt dann auch ein Gefühl der Ferne zum alten Wissen, die Skepsis, oft die ablehnende Haltung gegenüber der Überlieferung.

Nach der Tradition, die Weinreb in der Sprache unserer Zeit neu belebt, sind die 22 hebräischen Zeichen die Quelle dessen, was in den verschiedenen Sprachen als Alphabet die Grundlage aller Äußerungsmöglichkeiten bildet; das griechische Wortgebilde »Alphabet« – uns nur noch Klang ohne Sinn – verweist auf Alef-Beth, seinen sinnerfüllten hebräischen Ursprung. Die Zeichen in ihrer Reihenfolge zeigen das ganze Leben des Menschen. Jeder Buchstabe drückt eine wesentliche Lebenssituation und ihren Zusammenhang mit der Schöpfung aus; alle Zeichen zusammen bilden die Lebenstotalität, wie mit ihnen auch alles, was überhaupt sprachlich ausdrückbar ist, ausgedrückt werden kann.

Dieter Francks Bilder aus der Welt der Überlieferung zeigen die Fülle des Lebens, die diese zuweilen als »tot« angesehenen Buchstaben enthalten: Die Organe und Gliedmaßen des menschlichen Körpers sind mit den Zeichen des Sternenhimmels verbunden, Wasser und Feuer, Wüste und Städte, Pflanzen, Früchte und Tiere, das Schwert und der Kelch, die Sanduhr und der Brunnen, der brennende Tempel und die geöffnete Tür, die zerbrochenen Tafeln und das Kind in der Gebärmutter – alles getrennt und doch verbunden erzählt vom Weg des Menschen, der durch die Zeichen führt, der von den Zeichen geführt wird.

Alle künstlerischen Mittel dienen dem Sichtbarmachen des Zusammenhanges von Zeichen, Menschenleben und Sinn der Schöpfung. Eine Aufforderung an den Betrachter, sich berühren zu lassen, die Bilder im eignen Leben zu erleben. Darin wieder treffen sich Kunst und Überlieferung: Sie öffnen Zugänge ins eigene Leben. Wie sehnen wir uns, die Tore möchten endlich aufspringen! – dennoch suchen wir gerade das zu verhindern mit einer Hartnäckigkeit, die in rätselhafter Weise der Kraft unserer Sehnsucht entspricht.

Nur für sich, gar nicht für die Öffentlichkeit bestimmt – so Dieter Franck –, habe er diese Aquarelle gemalt; er sei aus dem Staunen über diese fremde, seinem unausdrückbaren innersten Gefühl aber ganz nahe Welt der jüdischen Überlieferung gar nicht mehr herausgekommen. Wäre das aber ein Künstler, der seine Überraschung, sein Staunen, seine Freude für sich behalten wollte? Er empfängt doch nur, indem er weiterschenkt. Das hebräische Wort für Überlieferung, »kabbala«, bedeutet zugleich »empfangen« und »weitergeben«.

# DIE ZWEIUNDZWANZIG ZEICHEN
Dieter Franck / Friedrich Weinreb

Alef. Das Nichts möchte sich zeigen. Wer mag schon unerkannt bleiben? Erkannt werden bedeutet geliebt oder abgelehnt und gehaßt werden. Aus der Sehnsucht, sich zu zeigen, entsteht die Mitte. Sie schwankt zwischen Anerkennung und Ablehnung. Sie ist das Dasein zwischen Wärme und Kälte, zwischen Feuer und Wasser.

Die Welt des Geistes, der hin und her geht, immer in Bewegung. Die Bewegung der Luft, auch wenn es aussieht, als stehe sie still. Das Säuseln eines Windes, die Stille eines Hauches. Aber auch stürmen kann es in der Mitte, wie es im Herzen des Menschen heftige Erregung geben kann. Hinauf steigt der Geist, zum Licht, zur Zukunft, oder hinab in die Schwere, ins Wasser und zur Erde. Geht doch die Sonne im Blau des Himmels ihren Weg aus der Vergangenheit, der goldenen, in die Zukunft, die blaue, im Westen. Der Stier – staunende und erregte Erscheinung im Irdischen, staunend über das Zeichen der Fruchtbarkeit, erregt in seiner Ungeduld über die Dauer.

Hörner stoßen hinab in das Dunkel der Welt. Hörner aber auch, die Hörner des Lammes – noch verborgen in seiner Bescheidenheit –, bringen das Leben in die Welt. Gott bläst die Schöpfungsworte in das Widderhorn. Auseinandersetzung mit der Welt aber im Stier. Bis alle Zeichen sich gezeigt haben, und der Reine Stier die Hingabe des Lebens in der Mitte erfährt.

Das Zünglein an der Waage ruht, die Zunge des Menschen schweigt, das Zünglein der Frucht bringt ewige Frucht. Das Herz des Menschen lebt mit Gott im Zwischen und erkennt die Freude als Sinn des Ganzen.

Beth. Das Leben in der Mitte ist erschienen, der Stier zwischen Aggressivität und Ruhe, zwischen Ungeduld und Hingabe. Nun kann das Haus gebaut werden. Rot aus der Erde und braun, weil das Schwarz aus dem Nichts noch nah ist. Die Mitte des Alef prägt das Haus der Welt. Es steht zwischen dem Innen und dem Außen; es wohnt der Mann in der Welt und die Frau. Aus dem Innen der Erinnerung macht Gott das Außen, innen und außen unterscheidet das Haus. Die Mitte unterscheidet zwischen Leben und Tod. Käme doch Ruhe und höbe die Gegensätze auf!

Im Haus, im Beth wohnt die obere, die himmlische Weisheit. Sie durchstrahlt das rechte Auge des Menschen. Durch sie entsteht Einsicht im Sinn des Lebens. Sinn des Lebens ist der Weg durch die sechs Tage in den siebten. Der Weg – ausgerichtet auf die Ruhe. Ohne Ruhe, ohne Ziel wäre es ein Untergehen in der Unendlichkeit, ohne Sinn.

Die Sonne, strahlend, weiß schon von der Erfüllung. Aufgehend während des Weges und untergehend in die Ruhe. Bis am Ende der große Sabbat kommt. Dann strahlt die Sonne wie das Licht der Schöpfung. Der Sinn des Lebens ist die Ruhe des siebten Tages.

Im Haus der Welt ist alles schon enthalten, die Rolle wird lesend abgewickelt. Das ist die Weisheit, die am Anfang schon die Ruhe der Erfüllung kennt.

Im Haus wohnt die Weisheit. Mann und Frau erfreuen sich des Kindes, ihrer Frucht.

Gimmel. Nur im Haus kommt es zum Weg. In der Welt der Träume führt das Kamel den Menschen durch das Haus der Welt. Farbenreich und hell der Weg, er führt von Garten zu Garten. Der Weg ist der Reichtum des Lebens, ein Geführtwerden aus tiefer Sehnsucht. Aus der Gefangenschaft führt er in die Freiheit, von einem Äußersten ins andere Äußerste. Ein Zeichen der Erfüllung des Sinnes der Zweiheit ist der Weg.

Auf dem Weg, wo alles sich fortwährend ändert, erscheint der Mond. Er enthält, wie der Weg, ein Geheimnis: Änderung trägt die Wiederkehr in sich. Der alte Mond verschwindet wie die wechselnden Landschaften des Weges vorüberziehen, und es kommt der Neumond. Wir gehen nicht für immer fort. Der Mond begleitet Israel von Welt zu Welt. Jedesmal ist der Neumond das Zeichen einer Wiederkehr und eines Neubeginns. Dennoch bleibt der Mond, die Zeichen bleiben, die Worte bleiben.

Jetzt blickt auch das linke Auge. Perspektive entsteht. Auf dem Weg durch die schöne Landschaft des Lebens kann das Gefühl einer alles überstrahlenden Ewigkeit erwachsen.

Der zweite Schöpfungstag bringt das Verständnis für das Gegenüber. Liebe kann erst durch Haß verstanden und erkannt werden, jedes Oben braucht ein Unten, die Mitte verbindet Feuer und Wasser, das Zwischen Mann und Frau – das lehrt der Weg. Die Ruhe erhält Bedeutung durch den Weg, das Schweigen durch das Brechen der Stille.

Im Erscheinenden der Zeichen schauen wir die Verborgenheit des Nichts. Der Reichtum des Lebens hat die Einsamkeit des Nichts als Wurzel. Und wir verstehen, daß wir reden müssen – trotz aller Einsicht.

Daleth. Durch das Haus der Welt führt der Weg zur Tür. Sie durchbricht die Abgegrenztheit des Hauses, läßt andere Welten ein. Welch ein Reichtum draußen! Im Garten der Zukunft wird der Baum des Lebens gehütet, bewahrt vor dem Angriff der Berechnung, der Käuflichkeit.

Der Durchbruch der Tür ist wie eine Geburt. Durchbruch aus der Abgeschlossenheit in neues Leben. Ein unbekanntes Licht gemessen an dem, was wir im Haus Licht nannten.

Das rechte Ohr des Menschen erscheint. Er vernimmt nun, was er vorher nur vom Hörensagen kannte. Sein Ohr sieht die Stimme. Die Welt im Gegenüber wird ihm klar.

Mars zeigt die Wurzel jeden Kampfes, der Lust, das Gegenüber kennenzulernen; und nur nach seinen eigenen Maßstäben läßt sich das Gegenüber erfahren.

Mit dem Daleth kommt Samen in die Welt, der neues Leben in sich trägt. Hervorkommen aber kann es erst, wenn das Männliche mit dem Weiblichen verschmilzt. Den anderen kennenlernen bedeutet sich selbst aufgeben. In der Ursprache sind die Worte »Kind« und »Geburt« mit dem Wort für »Tür« dem Stamm nach verwandt.

Wir schätzen den Samen und empfinden ihn doch als böse. Nehmen nicht neue Generationen unseren Platz ein? Das Böse ist mit unserer Freude am neuen Leben vermischt. Die Geburt durch die Tür ist die Geburt ins Neue. Gut und böse in einem.

He. Das Haus erhält ein Fenster. Das helle Außerhalb ist zu erkennen, ohne daß wir das Haus der Welt verlassen müssen. Licht vom Himmel strahlt ins Haus hinein.

Das Lamm erscheint. Fünf Tage war es vorbereitet, am fünften Tag erscheint es im Haus. Die Tür zum Auszug ist da. Der Auszug kann aber auch im Gegenüber stattfinden, in der Ruhe, im Licht des Fensters.

Am Himmel zeigt sich das Zeichen des Widders. Das schwache Lamm gibt dem Menschen den starken Arm, den rechten, den handelnden.

Im Zeichen des Widders fängt das Zählen der biblischen Monate an. In der Mitte des ersten Monats ist das Passah im Geheimnis des Lammes. Gottes starker Arm führt beim Auszug aus der Gefangenschaft im Fließen der Zeit, beim Auszug aus dem Festhalten-wollen des Fortgehenden. Gottes starker Arm zeigt uns, daß unsere rechte Hand ihre handelnde Kraft nicht aus eigener Berechnung empfängt, sondern dadurch, daß wir im Haus das Lamm erkennen.

Der starke Arm Gottes läßt das Leben ausziehen, indem er es im Haus der Welt erhält. Mit dem He und dem Passah kommt dem Menschen die Erkenntnis der Sprache.

Waw. Das Haus ist vollendet. Der Mensch erfährt das Licht von draußen, er kennt die Tür, er weiß vom Weg. Die starke Hand Gottes zeigt ihm die Kraft seiner Hingabe.

Des Menschen linke Hand spiegelt in ihrer Schwäche die Kraft von Gottes rechter Hand. Ist die Sprache des Menschen Größe, so liegt in seinen Gedanken seine Beschränkung. Die strotzende Kraft des Stiers zeigt zugleich ihr Geheimnis. Gefahr droht, wenn diese Kraft ungebändigt bleibt, denn irdische Kraft stößt gegen Gottes Welt. Vom Erscheinenden gelenkte Gedanken stoßen gegen das Wunder der Sprache.

Der zweite Monat bricht die Einheit, bricht die Einmaligkeit des ersten. Mit jedem Zweiten kann eine Vielheit einbrechen, wenn es nicht gebunden wird. Waw ist das Zeichen der Verbindung. Verbindung von innen und außen, von oben und unten, von Himmel und Erde. Es hakt Sätze zusammen, es verbindet Begriffe. Alles Gegensätzliche fügt es zusammen. Gottes rechte Hand ist über die menschliche linke mit der Welt und dem Leben verbunden. Die Kraft unseres Nichtbewußten lenkt das Leben unserer Erscheinung. Der Stier ist gebändigt, wenn der Mensch in seiner Vollkommenheit ihn lenkt. Als einer, der Himmel und Erde verbindet, kann er den Drang in die Vielheit beherrschen und bändigen.

Es ist die Größe des Menschen, seine eigene andere Seite zu erkennen und dort Gott zu erfahren. In seinem Herzen, in seinem Munde. Wer das Zeichen Waw ausspricht, sagt zweimal das Gleiche: w-w. So erfährt er, daß Verborgenes und Erscheinendes verbunden sind und nicht getrennt.

Sajin. Der Mensch als Verbindungshaken, oben und unten vermittelnd, lebt in fortwährender Auseinandersetzung. Trennendes wirft sich ihm in den Weg. Einswerdung ist kein mechanischer Prozeß, sondern ein Ereignis aus der Welt der Liebe. Ihren Wert aber geben der Liebe erst die Anwesenheit von Haß und Neid. Liebe ist ein mißgönntes Glück und daher um so kostbarer.

Gott segnet und heiligt den siebten Tag. Das Zeichen der Zwillinge verspricht Einheit. Und doch wissen wir von unüberwindlichen Schwierigkeiten, wenn wir dem Zwillingspaar Jakob-Esau begegnen. Sajin ist die Waffe, das Schwert im Kampf um die Einswerdung. Unser Gehen, unser Weg durch das Leben, verspricht die Einswerdung, den Zusammenhang von allem mit allem. Froh oder gedrückt ist unser Gang; Siegesbewußtsein aber macht ihn aufrecht und stark, denn Sajin erscheint im Leben, wenn sich das Wort offenbart. Dann ist Pfingsten, der Berg Sinai ist in Rauch und Wolken. Sehnt sich der Mensch nach dem Himmel, dann wird ihm die Einswerdung vom Himmel her geschenkt.

Zwillingspaar der Geschenke: Liebe und Offenbarung. Sinai aber hat auch zum Wort »sina« Beziehung, das »Haß« bedeutet. Wer solche Liebe empfängt, wird gehaßt und beneidet. Das aber – erhebt es nicht die Liebe aus erstarrender Bindung in die Höhen der Freiheit Gottes?

Cheth. So Großes wird dem Menschen geschenkt, so groß hat sich der Mensch in seiner Sehnsucht gezeigt, und jetzt – ein Zaun! Cheth hat den Laut vom Wort Sünde. Warum der Zaun? War der Mensch zu glücklich und wollte es für sich behalten?

Wir grenzen anderes aus, wollen vom anderen nicht gestört werden. Ist das die Sünde? Schwarz droht der Zaun. Wir sehen die Welt, verzichten aber auf diese Sicht. Sind wir müde? Ist man doch in diesem Zeichen auch müde des Wartens auf Moses Rückkehr vom Sinai, und es entsteht aus Gold ein erstarrtes, gegossenes Bild vom Kalb.

Der linke Fuß des Menschen erscheint. Links, »smol«, geschrieben wie Samael, der Engel des Todes. Am 17. dieses Monats fällt Jerusalem, entsprechend dem Erscheinen des Götzen aus Gold. Was bedeutet das Genügen mit dem Erreichten? Auch das vierte Zeichen des Tierkreises erzählt vom Sich-selbst-genügen; anderes mag man nicht, ist verletzt, wenn es sich meldet. Sollen wir Grenzen sprengen, Verlorenes zurückersehnen, andere Menschen, Tiere, Pflanzen miteinbeziehen wollen? Genügt es, seinen Weg vollendet zu haben? Wartet nicht die ganze Welt auf uns?

Lauheit und Faulheit – das ist die Sünde. Nur unser Glück verlangend, glauben wir, Frieden zu haben, wenn es in Erfüllung geht. Sind wir bedeutender als wir denken? Das Achte ist doch das Zeichen von Erlösung, vom guten, fetten Leben. Rätsel! Sollten wir mehr verlangen und erwarten, auch von uns selbst?

Teth. Die achte Phase kündigt ein Ende an. Die Sünde führt ins Exil. Im Monat des Teth geht das Haus Gottes auf Erden in Flammen auf. Die eine Seite unseres Lebens wird von der anderen Seite getrennt, sie weiß nichts mehr von ihr. Wie ein Samenkorn in die Erde, in die Finsternis, in die Verwesung gelegt wird.

Wir wissen aber vom Wunder der Frucht im Mutterleib. Heißt die Gebärmutter nicht »rechem«, geschrieben wie »Barmherzigkeit«? Das Erbarmen nimmt uns auf nach der Selbstzufriedenheit und läßt uns zu neuem Leben reifen. Gott brüllt in der Finsternis dieser Nacht wie ein Löwe, weil seine Wohnung auf Erden unsichtbar geworden ist und er doch alles erfreuen möchte im Sich-zeigen.

Die rechte Niere im Weltkörper des Menschen weist darauf hin, wie im Verborgenen der Fluß der Zeit dirigiert wird. Gott kann den Menschen auf Herz und Nieren prüfen. Alles wartet im Dunkel auf das neue Leben. Keine Sorge! Geduld! – die Mutter wird es tragen und nähren.

Enthält unser Leben mehrere Schichten, wie es mehrere Zeichen gibt? Erzählen die Zeichen vielleicht vom Wunder der Auferstehung des Vorübergegangenen? Weil sie keinen Zaun, keine Grenze kennen, erzählen sie vom Leben in Ewigkeit. Ist es diese Stimme, die das Hören erweckt?

Jod. Ein Kind wird geboren, eine neue Welt erscheint. In diesem Monat wird in das Horn des Widders geblasen, durch das Wort Gottes kommt eine neue Welt. Der lange Ton teilt sich in drei Töne, und diese wiederum in drei. Vielheit der neuen Welt.

Die Schöpfung wartet auf den Menschen. Dann erst beginnt die neue Zählung, das neue Jahr. Jungfräulich erwartet die Welt die Geburt dieses Adam. Vorbereitet ist das Tun des Menschen. Als Prägung hat das neu Geborene das Handeln. Kein Abwarten, bis alles verstanden ist, sondern Tun aus Glauben und gleich, aus Vertrauen. Das Handeln empfängt wie die Jungfrau, es weiß sich auf rechtem Weg, wenn seine Absicht im Freude-bereiten besteht.

Was vorher war, ist nun Vergangenheit. Das Tun prägt das Jetzt. Der Begriff des Zehnten bekommt Inhalt. Im zehnten Monat wird das Kind geboren, geschieht die Erneuerung. Das Geheimnis des Zählens mit der Zehn wird erkannt. Die Nieren sind vollständig. Die Schöpfung nennt Gott sehr gut. Der Mensch kann kommen. Groß ist die Erwartung, denn jetzt, im Tun, erkennt der Mensch den Zaun. Wird er die Vielfalt der Menschheit in Zeit und Raum – wie den Ton des Schofar – als Aufruf zur Einswerdung mit der ganzen Welt verstehen?

Im Handeln kündigt sich ein großes Geheimnis an.

Kaf. Wiederum die Hand, nun aber die greifende, die zupakkende, die haltende. Wie eine Grenze war die Zehn, nicht mehr dem Vorhergehenden gehörend, noch nicht dem Kommenden. Erst durch ihre Verdoppelung wird sie wirksam. Ist es nicht Brauch, den Namen Gottes mit zwei Jod nebeneinander zu schreiben? Ist nicht Abraham die zwanzigste Generation des Menschen, Noah noch erst die zehnte? Sinn erhält das Tun durch die Alternative der zweimal zehn. Einswerdung der beiden Hände, Einswerdung der beiden Messiasse, dem von Joseph und dem von David, des leidenden und des siegenden.

Merkur hat in der Ursprache den Namen »kochab«, »Stern«. Merkur ist die Mitte, der vierte Tag der Woche. Die Mitte enthält, wie das Leben in seiner Doppelheit als »chajim«, zwei Seiten, die zwei Messiasse. Die stille, verborgene Hand, die Jod, und die handelnde, erscheinende Hand, die Kaf.

Jetzt bildet sich das linke Ohr. Es vernimmt mehr als im Laut gehört wird. Jetzt, da wir handeln können, hören wir in neuer Zweiheit. Als Fundament der Zwei in den Zehnern steht Beth, das Haus der Welt. Durch die beiden Hände aber ist die Zweiheit von Innen und Außen aufgehoben. Jede Zweiheit ist jetzt im Prinzip aufgehoben. Der leidende und der siegende Messias sind einer, im Tun sind das Verborgene und das Erscheinende kein Gegensatz mehr.

Wie gewaltig, wie mächtig, wie geheimnisvoll ist das Tun des Menschen. Samen als Geheimnis und Tun als Leben zeigen die Einheit von rechtem und linkem Ohr. Einheit im Vernehmen und Hören. Ist das Wort nicht Gottes?

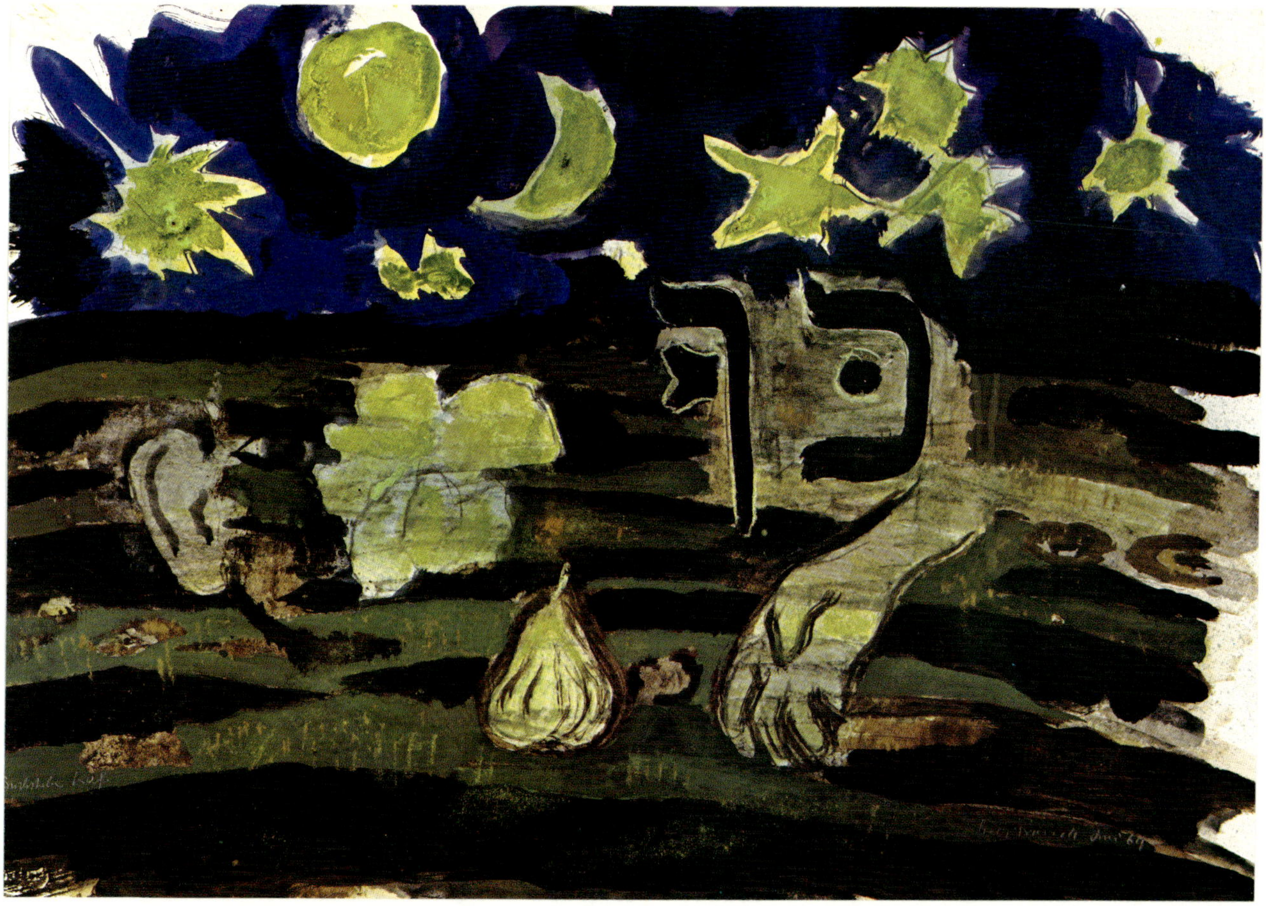

Lamed. Handeln ist jetzt möglich mit der Wirkung in beiden Seiten des Paradoxons. Verborgenes Tun, Tun in der Absicht nur – und es wirkt in der Welt, Handeln im Erscheinenden – und es hat seine Folgen im Verborgenen. Am Anfang des siebten Monats wird der Mensch als Mann und Frau erschaffen, der Mensch in doppelter Art. Zwei Tage ist Neujahr, kein eindeutiger Tag. Zwei Schalen hat die Waage, zwei Kaf – »Hand« und »Waagschale« sind in der Ursprache das gleiche Wort –, immer ein Spiel zwischen den Zwei. Mann und Frau treffen sich in diesem Zeichen und haben ihre Möglichkeit, staunend das Wunder der Frucht zu erleben. Im Körper des Menschen erscheint die Leber – Entsprechung zum Geheimnis des Beischlafs.

Die Hand stachelt den Stier des Anfangs zum Fortschreiten an, die Bewegung entsteht, die bald das Fließen der Zeit zeigen wird. An der Hälfte des Monats, am vollen Mond – im Gegenüber des Passah im ersten Monat –, verläßt der Mensch sein Haus mit dem festen Dach und zieht in die Wohnung mit dem Dach, das den Himmel einläßt, dem Dach aus Laub. Laub von den Bäumen des Gartens Eden. In der neuen Wohnung wird der Leviathan verzehrt, auf dem die Welt der ersten Hälfte ruht. Köstliche Speise, dieses Aufnehmen vom Fundament der Zeit! Unter großer Freude wird die Zeit, die unser Dasein verhüllte, ausgegossen. Nicht die Zeit bestimmt unser Leben, sondern wir bestimmen das Geschehen der Zeit. Die »sukka«, die neue Wohnung, ist die Wohnung des Königs David. Acht Tage dauert das Fest, und die Freude durchbricht alle Grenzen.

למד

Mem. Die irdische Zeit zeigt sich in der Kälte des Wassers. Der Bauch als Unterleib entspricht der Dauer der Zeit. Lang ist der Weg der Zeit. Wo er endet, bleibt ein Geheimnis. Der Mensch möchte dieses Ende verbergen. Das Geheimnis wird von der Erde bedeckt.

Das Zeichen Mem ist das Maß der Zeit. Es wird vom heiligen Geist als die Vierzig erfahren. Wir übersetzen es in irdische Dauer von Tagen, Monaten, Jahren. Abschließend und zusammenfassend ist es immer die Vierzig, und das Wasser ist ihr himmlisches Bild.

Mem ist ein Zeichen der Mutter, irdisch, diesseitig, hier Leben spendend und ermöglichend. Der Kopf hält die Wärme, der Bauch die Kälte, der Rumpf das Zwischen, das Maß als Gemäßigtes. Die Brust ist die Mitte im Zwischen von Feuer und Wasser. Alef, Zeichen der Mitte, weisend auf das Feuer oben und das Wasser unten. Männlich oben und weiblich unten, das Zwischen vermittelnd. Im Zwischen ist der Wind, der hin und her weht und das Gleichgewicht erhält. Die zwei Arten des Tuns sind das Tun im Feuer und das Tun im Wasser: das Tun des Vaters und das Tun der Mutter.

Die irdische Zeit ist die mütterliche. Im Bauch verborgen ruht die Gebärmutter, in der irdischen Zeit die Gebärmutter zum Durchbruch des Wunders. Und Gebärmutter bedeutet Erbarmen. Barmherzigkeit ist die Antwort der Liebe auf die Sünde. Unsere irdische Zeit birgt die mütterliche Barmherzigkeit.

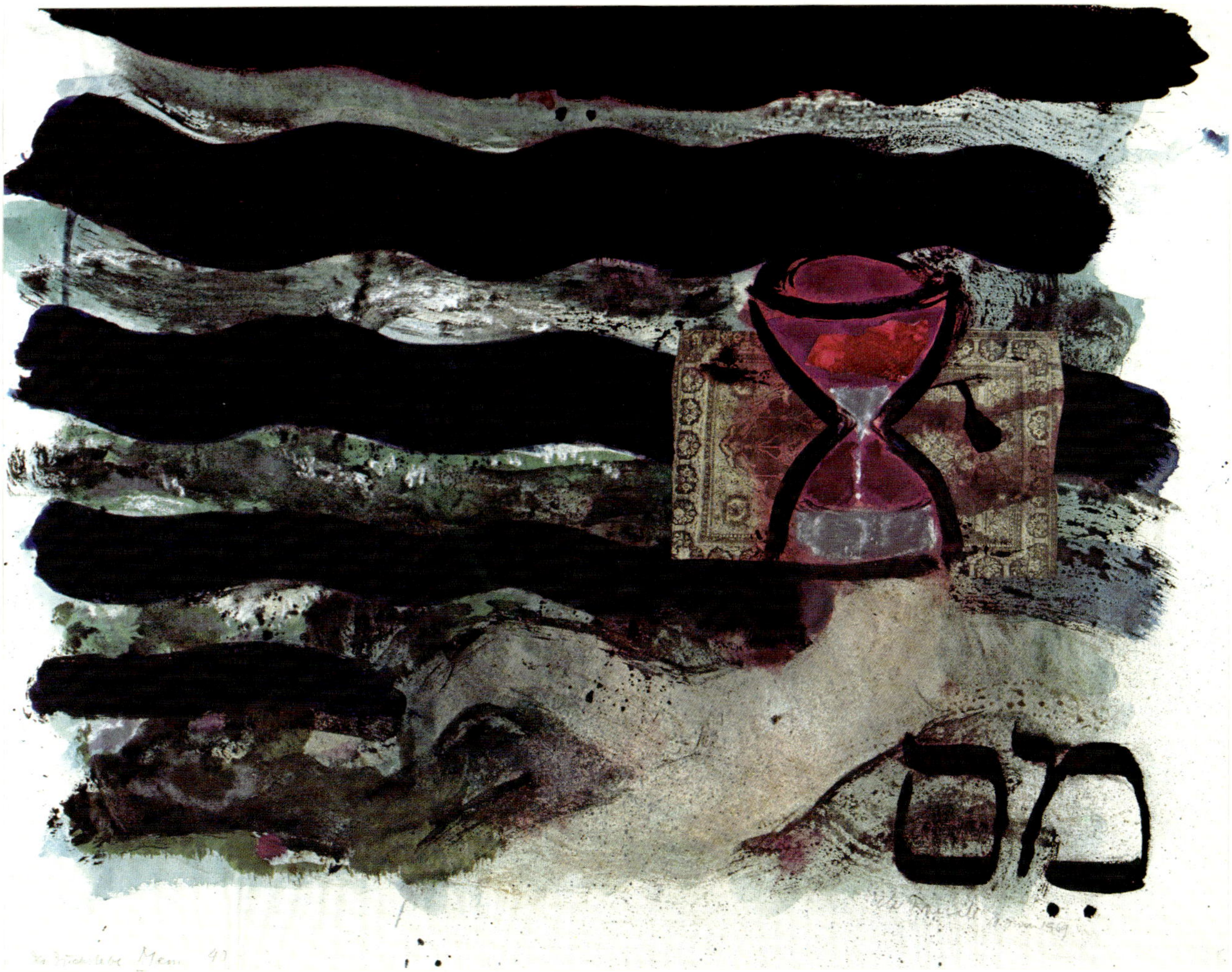
מם

Nun. Im Wasser erscheint Leben, in der Zeit regt sich die Barmherzigkeit, im Bild taucht der Fisch auf. Im Zeichen Nun trifft sich das Zeichen Waw von zwei Seiten. Gegenwart trägt immer die Prägung des Doppelten. Der Mensch im Namen des Überschreitens der Grenze vom Weg in die Ruhe heißt Jehoschua, Sohn des Nun. Er verbindet doppelt: das Diesseits mit dem Jenseits, und das Dort mit dem Hier. Der Fisch ist Zeichen dieses Doppelten, noch auf dem Weg in der Zeit und schon in der Ruhe des Gartens. Grüner Garten, grünes Wasser.

Doppelt ist auch das Zeichen des Skorpions: Einmal der schwarze Adler, der Geier, das Zeichen des Todes, zum anderen der weiße Adler, der königliche, der höher fliegt als alle und die Jungen auf seinen Flügeln trägt, unerreichbar für jeden Angriff. Im Körper erscheint die Milz, Quelle des Lachens. Man lacht, weil man das Unglaubliche sieht, das unmöglich scheinende. Man riecht den Duft des Wunders, der ewiges Leben schenkt. Der Duft schwebt zwischen Körperlichkeit und Unsichtbarkeit. Isaak, den der Duft des Feldes erfreut, heißt dem Namen nach: »Vor Staunen über diese nicht für möglich gehaltene Erfüllung muß ich lachen!«

Und segnet nicht Jakob Josephs Söhne Ephraim und Menasche, daß sie sich mehren wie Fische in der Mitte der Welt? Jehoschua, Sohn des Nun, ist von Ephraim. Und versprochen ist der Messias, Sohn von Joseph, aus Ephraim, der derselbe ist wie der Messias, Sohn von David. Doppelte Verbindung im Zeichen Nun. Geheimnis der Fünfzig.

נגף

Samech. Den Menschen im Zeichen Nun greift die Wasserschlange an. Nun und Samech bilden das Wort »nes«, das Wunder bedeutet, zugleich aber der Stamm des Wortes »nissajon« ist: »Versuchung«. Die Schlange ist geschaffen, damit der Mensch die Liebe auskosten kann. Liebe bewährt sich, indem sie erobert, indem sie um den Geliebten kämpft, indem sie versucht und abgelenkt wird. Die Schlange kann zertreten, Hindernisse können überwunden werden. Wunder des Sieges, wo alles nach Niederlage aussieht!

Die Galle im Körper, das Bittere im Leben. Liebe aber ist stark wie der Tod und kämpft mit dem Versucher. Der Sieg ist süß wie Milch und Honig im verheißenen Land. Das Zeichen des neunten Monats ist der Bogen, gespannt zum Schuß des Samens, Ausdruck des Geheimnisses der siegenden Liebe. Am Firmament zeigt sich der Bogen im Zeichen der angreifenden Schlange. Sie hat die Wohnung Gottes verunreinigt, das heilige Öl ist fast zu Ende. Die Lage ist verzweifelt. Schlaf übermannt den Menschen. Da aber kommt es in der Nacht zum Kampf, zum ungleichen Kampf der Wenigen gegen die Vielen. Und weil der Kampf aufgenommen wird, geschieht das Wunder. Das Öl für nur noch einen Tag reicht für acht Tage, dann ist neues Öl da. Es reicht vom 25. Tag des neunten Monats bis in den zehnten Monat hinüber. Der Feind wird besiegt, das Haus Gottes gereinigt und erneuert. Das Bittere der Galle geht über in den Schuß aus dem Bogen: Der neue Mensch wird geboren.

סָמֶךְ

Samech 60

Ajin. Der Sieg in der Wirklichkeit des Jetzt wird zur doppelten Lebensquelle. Jedes Geschehen im Jetzt hat einen doppelten Aspekt: Überraschend und erschreckend. Aber man glaubt immer wieder nur der einen, erscheinenden Seite. Das Auge sieht irdisch, schaut aber zugleich das Ewige. Im Sehen des Irdischen ist es die 70, die Zahl der erscheinenden Vielheit. Im Schauen der Ganzheit des Lebens ist es die 130, Zahl der Einheit, Himmel und Erde verbindend. Die 13 ist das hebräische Wort für »eins«. In der 130 ist das Einssein umfassend in jeder Hinsicht. Der Berg Sinai, wo Gott Himmel und Erde vereint, hat die Zahl 130.

Ajin ist auch Brunnen. Man trinkt aus ihm. Und er hat seine tiefe Quelle. Die Schöpfung, geschrieben mit den Zeichen des Wortes Brunnen, hat ihre äußere Erscheinung; sie hat aber auch ihre tiefen Quellen, auf Gott zurückführend. Das Nicht-erkennen der Dualität des Lebens erweckt den Zorn im Menschen und im Himmel. Zwei Böcke werden am zehnten Tag des Jahres im Haus Gottes vorbereitet. Das Los, Gottes Hand, bestimmt den einen zum Weg zu Gott, den anderen zum Absturz vom Berg, zum zertrümmernden Fall in die Tiefe des Abgrunds. Rätsel der Dualität, unlösbar im Urteil vom Erscheinenden her. In der Schau der Ganzheit des Lebens erschütternd durch seine Größe. Hiob im Gespräch mit Gott – aus der Doppelheit erst kann er sagen, sein Auge habe geschaut.

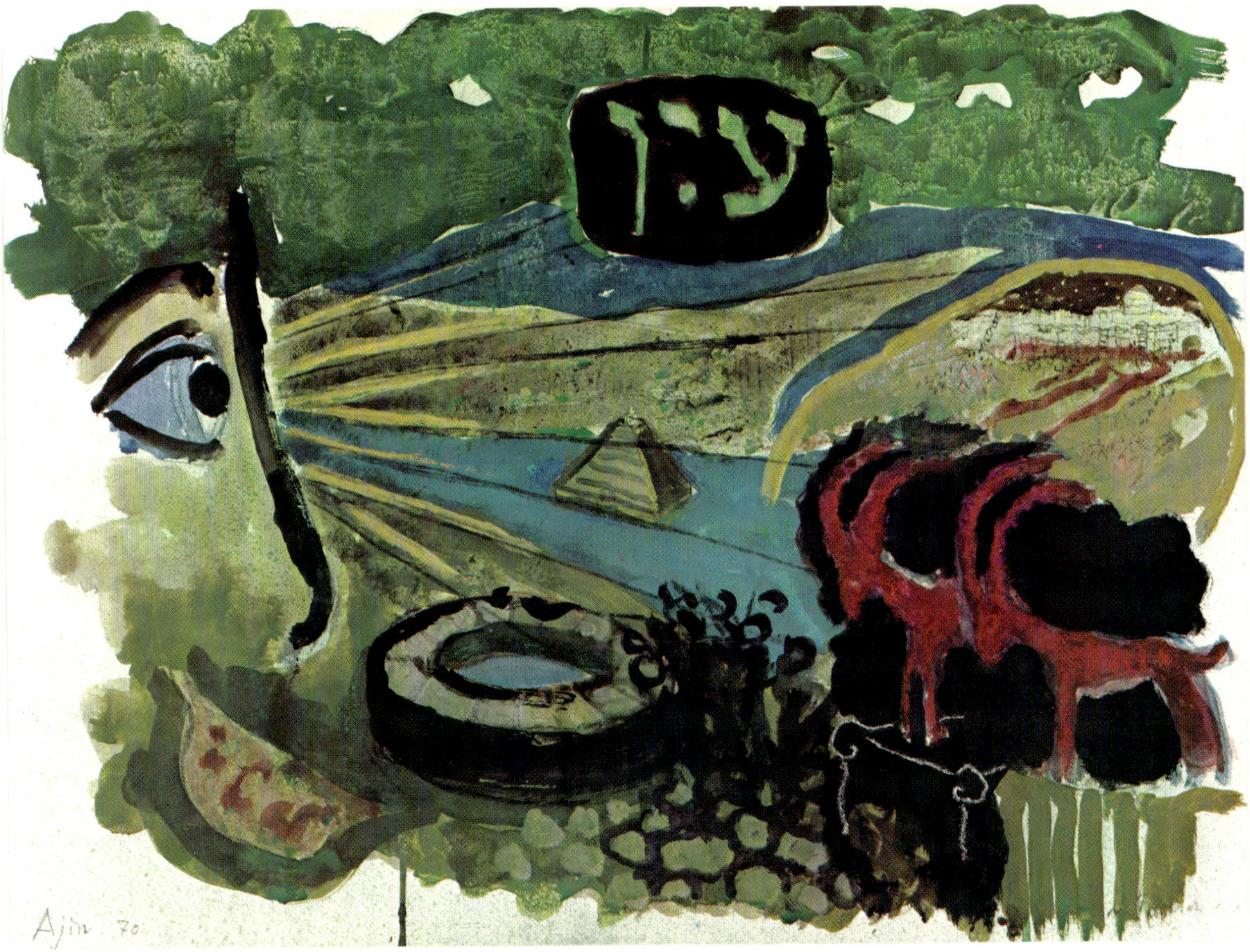
עין
Ajin 70

Peh. Das Auge sieht das Erscheinende und es schaut das Verborgene. Nun muß auch der Mund sprechen. Das Wort, das Gottes Wort entspricht, hört der Mensch. Auch hier die Doppelheit: Dem vom Ohr vernommenen Wort aus dem Mund steht die Welt des verborgenen, schweigenden Wortes gegenüber. Vieles schwingt mit wie Obertöne. Stimmungen, unbeabsichtigt, kommen mit, und noch mehr und anderes kommt mit beim Erschaffen des Mundes im Menschen. Das Wort führt ihn in andere Welten, durch das Wunder des Wortes überlebt er.

Das Brustschild des Hohenpriesters mit den zwölf verschiedenen Edelsteinen spricht die tiefste Sprache im Verborgenen. Durch seinen Hohenpriester steht der Mensch vor Gott, jenseits des Vorhanges, jenseits seiner körperlichen Bedingtheit. In den zwölf Edelsteinen sind die Namen der zwölf Stämme graviert und mitgraviert sind die Worte »Stämme Jeschuruns«. Bei jeder Frage, die der Mensch stellt, leuchten die betreffenden Buchstaben die Antwort hinüber. Ein schweigender Mund, Gott spricht mit seinem Licht durch ihn. »Vollkommene Lichter« heißen sie, »urim und tumim«.

Jupiter strahlt; »zedek«, wie der Planet in der Ursprache heißt, »Gerechtigkeit«. Denn es ist der fünfte Tag, an dem die Form des Lebens erscheint. Das ist der Tag des Lobpreisens, des Ausstrahlens von Glück.

Das rechte Nasenloch ist der Ort, an dem Gottes Odem göttliches Leben dem Menschen schenkt. Dieser Odem kommt, wenn der Mensch das Wunder der Stimme vernimmt. Sprechende und schweigende Stimme – des Menschen Herrschaft.

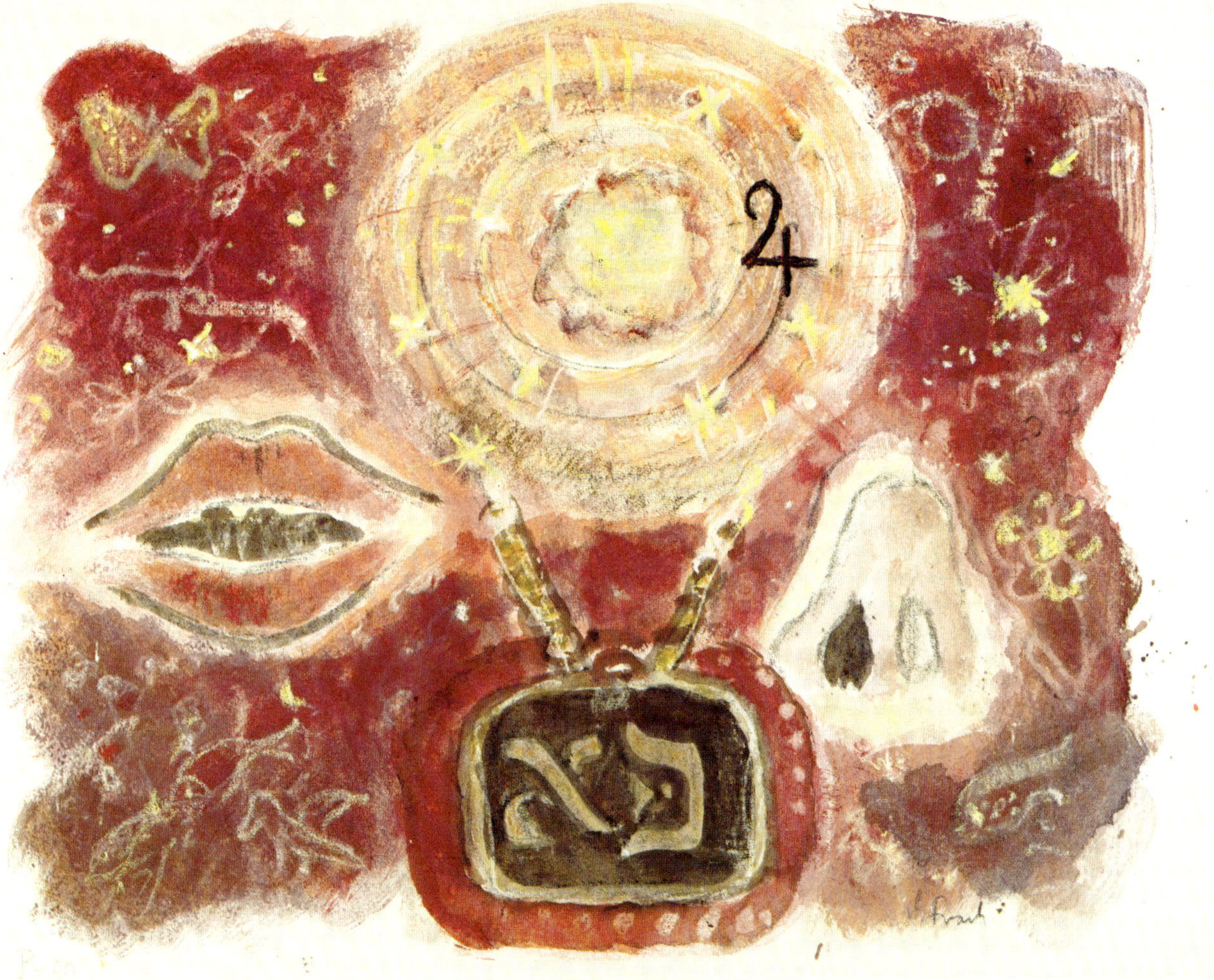

Zade. Wieder kommt der Moment des Übergangs aus einer Welt in die andere. In den Einern die Neun, die Gebärmutter, die den neuen Menschen vorbereitet, ist Vergangenheit für das Jetzt. In der Welt der Zehner ist es die Neunzig, die den Menschen aus der Zeit ziehen läßt. Der Fischhaken zieht den Fisch aus dem Wasser. Auszug aus dem Jetzt, Einzug in die Zukunft. Zu Ende ist das Zeitalter des Wassers, das Wasser wird nun ausgegossen. Der Eimer ist das Zeichen des elften Monats.

Beim Auszug aus Ägypten zieht der Mensch in das unendliche Wasser hinein, in die unendliche Zeit, und er droht unterzugehen. Aber die Gewässer spalten sich und erstarren. Durchschaubar wird die Zeit wie Kristall. Sie hört auf zu fließen, der Mensch schaut in den Himmel.

Der Zaddik, der gute, der bewährte, der heilige Mensch ist der Fischer, der den Menschen aus dem Fließenden herausholt, aus der nichts bleiben lassenden Welt der Zeit. Auf dem Weg im Trokkenen zwischen den Wassern hält der Mensch seinen Becher an die Kristallwand der Zeit und Wasser fließt hinein. Jetzt genießt er Zeit wie in Eden, jetzt kennt er die Ewigkeit.

Ägypten, der gefangenhaltende Körper, geht unter, geht in der Zeit verloren. Der Mensch sieht den Sinn seiner Hülle, die ihn band, und erfährt das Befreiende einer Erlösung.

Buchstabe Sade

Kof. Der Übergang in die Zukunft ist da. Wie beim Jod das Kind geboren wird, das Handeln in die Welt des Fließens, in die Gegenwart kommt, so vollzieht sich jetzt der Eintritt in die Zukunft. Ein wahrer Durchbruch, dieses Heraustreten aus dem immer weiterdauernden Jetzt in die Welt, die an der Schwelle steht.

Hinaus aus dem Zeitfluß – es gibt einen Zutritt in die Zukunft. Ein Nadelöhr. Man glaubt nicht durchzukommen. Man glaubt an Evolution. Doch dann bliebe der Mensch in der Zeit, wäre weiter ein höheres Tier, eine Art besserer Affe.

Der Durchbruch aber – unglaublich! – geschieht. Abraham läßt die drei Männer nicht vorbeiziehen, bittet sie herein. Sie verkünden ihm die Geburt des Sohnes, der gemäß der Natur unmöglich kommen kann. Und Abraham, der sieht, daß es Engel sind, muß lachen. Daher geschieht im Zeichen Kof das Lachen des Menschen. Am Ende weiß Abraham, daß Gott in den drei Männern anwesend ist.

»Adar« ist ein Monat des Glücks. Mose wird am siebten »adar« geboren, im »adar« ist das Purim. Im Zeichen Fische erfahren wir, wie das Leben wirklich ist. Nicht ein Mitgehen im Strom. Der eine Fisch schwimmt mit dem Strom, wie es das Leben in der Zeit glauben macht, der andere Fisch bewegt sich in der Gegenrichtung. Wir glauben, zum Tode hin zu leben, und leben entgegengesetzt: zum Leben.

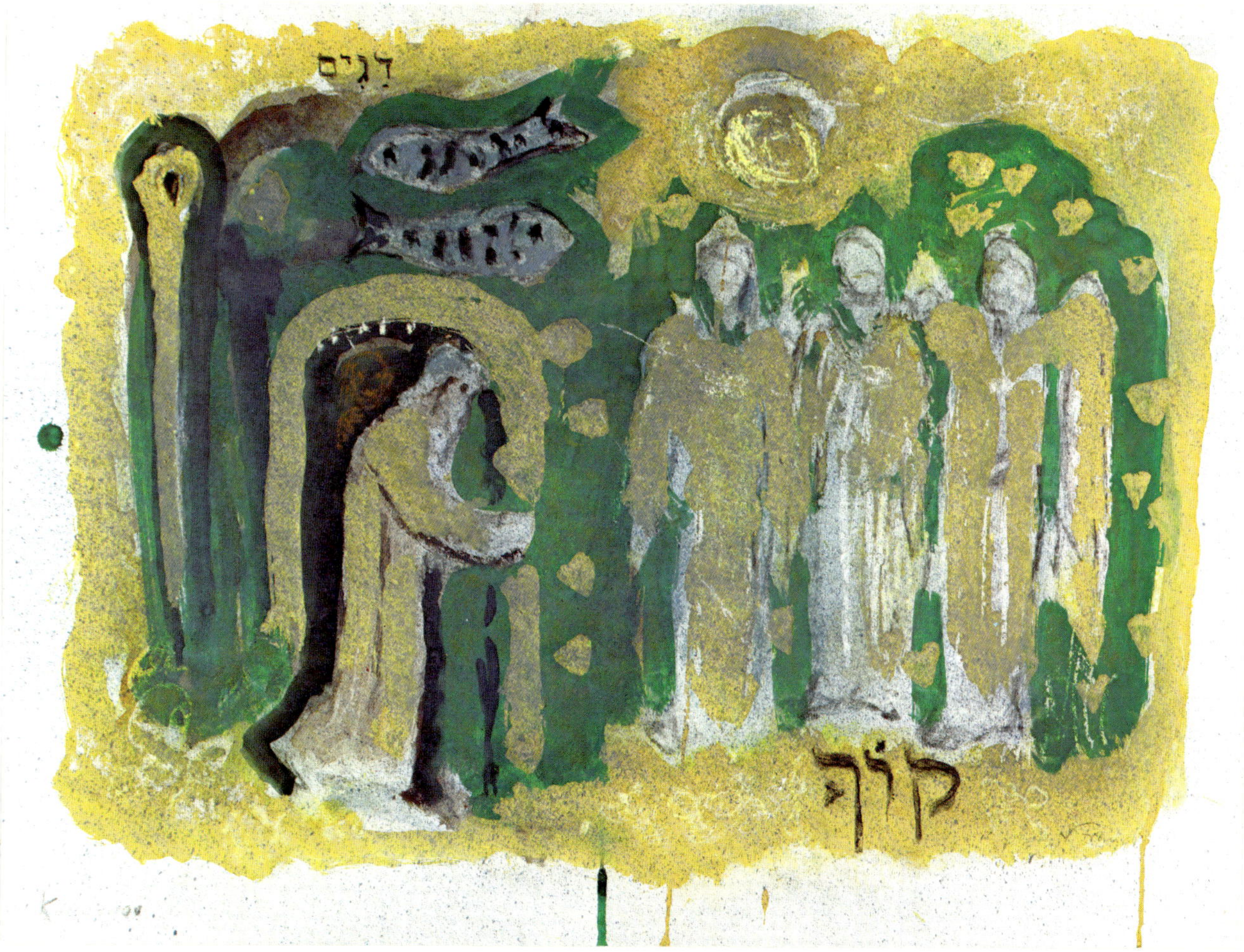
דגים
קוף

Resch. Die Erfüllung des Doppelten in den Hunderten. Beth, die Zweiheit in den Einern, wurzelt in dieser Welt; Kaf in den Zehnern begrenzt schon die Schwere der Welt der Zweiheit durch die tuende Hand; Resch aber ist der aufgerichtete Mensch. Sein Haupt enthält in Einheit, was sich in der Vierheit des Rumpfes ausbreitet. Der Kopf ist die Quintessenz des Ganzen.

Der hebräische Name des Planeten Venus lautet »nogah«, »Glanz des Morgenlichtes«. Am sechsten Tag der Schöpfung kommt mit der Erschaffung des Menschen die Erfüllung der Welt. Der Glanz und die Schönheit dieses Lichtes sagen: »So lieb hat Gott diese Welt.« In ihrer Unermeßlichkeit aber bedingt diese Liebe den Haß und den Neid. So beginnt am sechsten Tag das Drama von Mensch und Gott. Die Schlange versucht den Menschen über seine körperliche Existenz. Der Mensch gibt nach und verliert die Einheit. Das geschieht am Freitagnachmittag; es kündigen sich Wesen an, die den Menschen an Gescheitheit und kausalem Denken mit allen Folgerungen und Anwendungen übertreffen wollen. Sie sind die äußerste Konsequenz des Gegenübers. Kämen sie ganz durch – die Welt verlöre ihren Sinn.

Gott greift ein und nimmt dem Menschen seine irdische Vollkommenheit. Der Mensch wird sterblich, die Wesen erhalten keine Form in der Welt. Es sind die »schedim«, die Dämonen. Der Mensch verliert das Paradies, und das ist die Rettung der Welt.

Das linke Nasenloch entsteht, das Einatmen der linken Seite. Das Linke ist die Hülle, das Kleid, das Äußere. Es verführt, wenn es Gelegenheit zum Sprechen erhält.

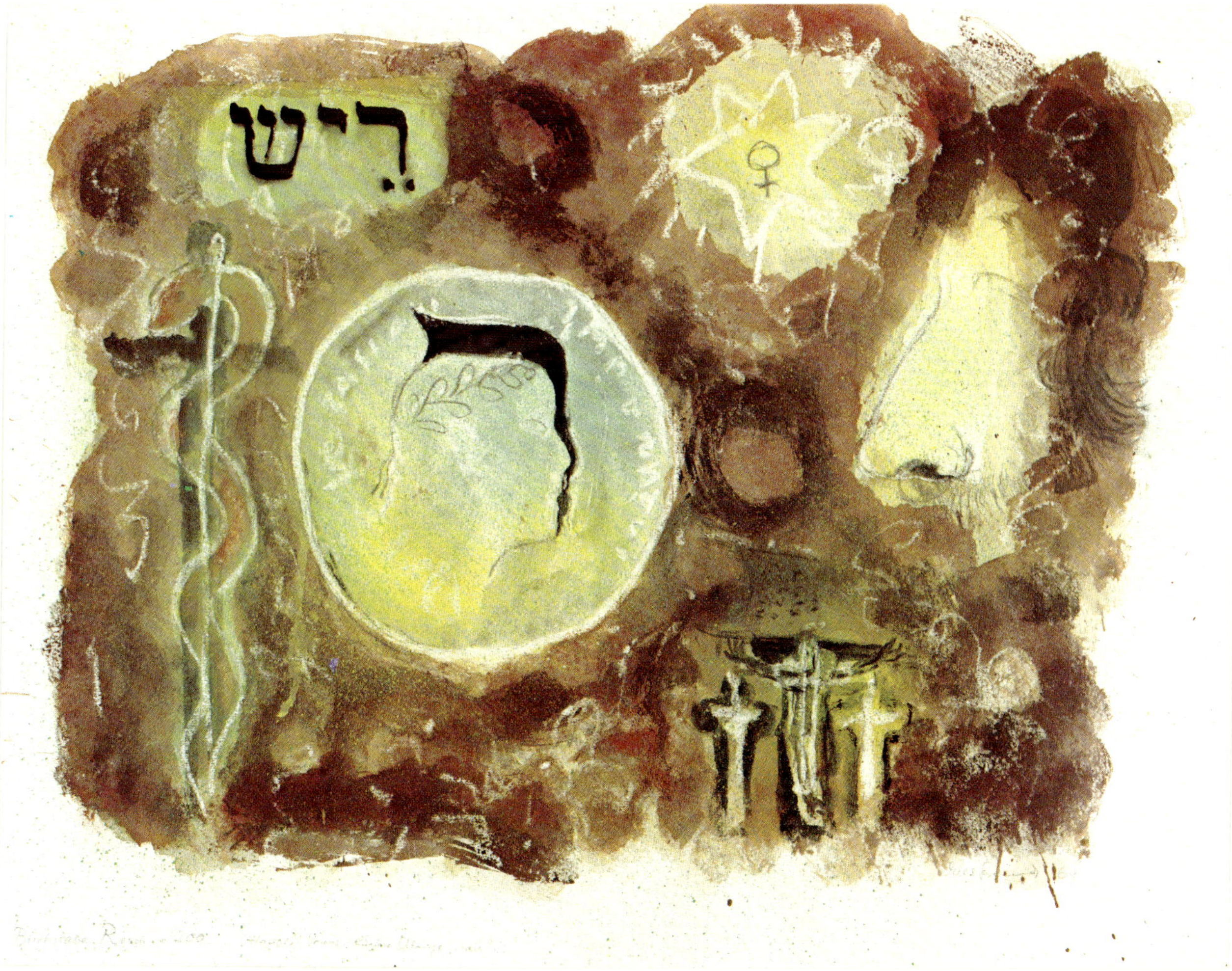
ריש
ר

Schin. Schin und Taw zusammen, die beiden letzten Zeichen, bilden das Wort »schat«, »Fundament«. Von hier fließt das Leben, aus der Zukunft, jenseits des Endes, in den Anfang, jenseits des Anfangs. »Eben schtija« ist der Name des Grundsteins der Welt, »Stein Schin-Taw«, endend mit dem Wort »ja«, dem Namen Gottes. Schin ist das Zeichen des Feuers, dem Wasser der Mem gegenüber. Kälte läßt die Form erstarren, Wärme hebt die Bindung der Form auf. Die Schin trägt der Mensch am Haupt, Zeichen des Himmels, »schamajim«. Männlich trägt er sie und weiblich, in der Form von drei Zähnen rechts und vier Zähnen links, aber in der Einheit des Menschen oben, männlich und weiblich in einem.

Am Schin, am Zahn vorbei ziehen die Begegnungen. An der männlichen Schin die Begegnungen des Lebens, an der weiblichen die sichtbaren Begegnungen der Nahrung. Schin enthält auch Begriffe wie Wiederholung, Schlaf, Lernen, alt, Jahr.

Die Sin, tönend wie Samech, gibt es auch; sie ist die linke Schin. Noch tritt als Gefahr hervor, was sich als Geheimnis des Stofflichen offenbaren wird. Nur wer ohne Absicht dem Geheimnis begegnet, erfährt seinen Sinn. Die Gefahr liegt in der Absicht, über die linke Seite etwas zu erreichen. Dann tritt Samael, der Satan, mit Sin geschrieben, hervor. Gottes Name aber als der, der in seiner Allmacht Grenzen setzt, ist Schaddai, mit der Schin geschrieben. Ein Versprechen trägt die Sin. Wir können kaum glauben, daß im Materiellen Ewiges wohnt.

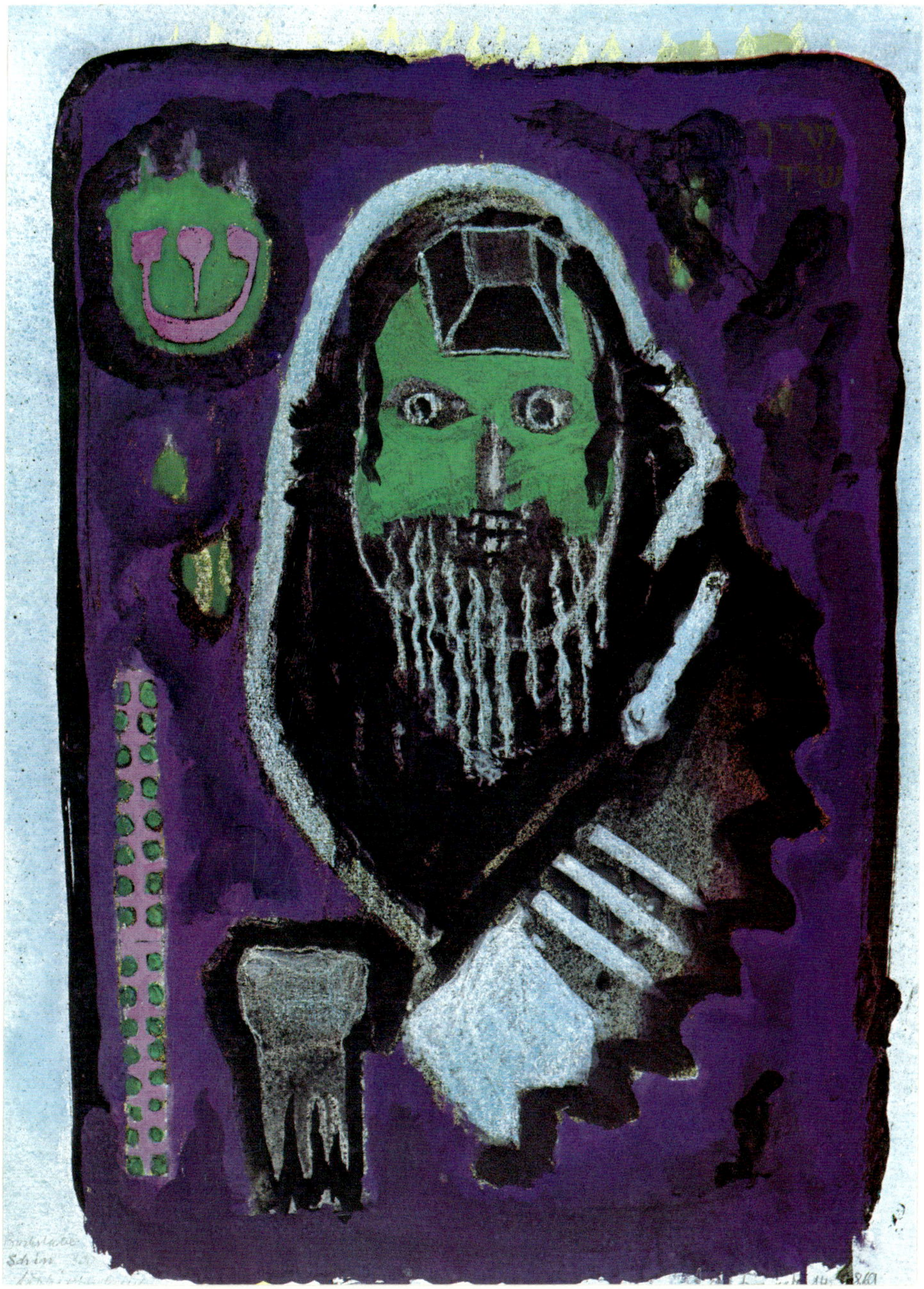
Schin

Taw. Das letzte Zeichen. Dann geht es hinüber ins Nichterscheinende. Es geht nicht weiter. Ungern verläßt der Mensch den Weg des Kausalen. Die neue Dimension, die Welt der Liebe, ist ihm eine Umkehrung aller Werte. Er versteht nicht, daß nicht alles weitergeht.

Die Taw steht als Zeichen des Sabbats, der auch eine Umkehrung aller Werte ist. Die Bewegung der Schöpfung in den sechs Tagen mündet in die Ruhe. Gegen Ende des Sabbats sterben Mose und David. Was weiter kommt, ist nicht mehr von dieser Welt des gefangenhaltenden Flusses der Zeit.

Der Mund erscheint in der Struktur des Körpers. Die Worte der Thora werden gelesen, und strahlende Anmut umgibt die Lesenden, strahlende Gunst. Große Freude und große Freiheit herrschen am Ende des Weges, nicht Klagen und Entsetzen, wie man denken könnte.

Das Geheimnis Saturns: Der Sinn des Lebens ist nicht in seiner erscheinenden Seite zu finden, es gibt eine andere Seite. Kein Fortsetzen der Zeitlinie, sondern ein Übergang. Kein Sich-verlieren in Unendlichkeiten, sondern Öffnung des Lebens in vielen Schichten.

Rufe aus dem Nichts sind die 22 Zeichen, alles teilen sie uns mit. Am Ende erfahren wir den Reichtum der Welt, die uns rief. Daß das Leben auf vielen Ebenen spielt, ist die tiefste Botschaft der Zeichen. Nur hier erscheinen sie im Bild einmaliger Konkretheit. Aber durch sie wissen wir, daß das Konkrete überall anwesend ist.

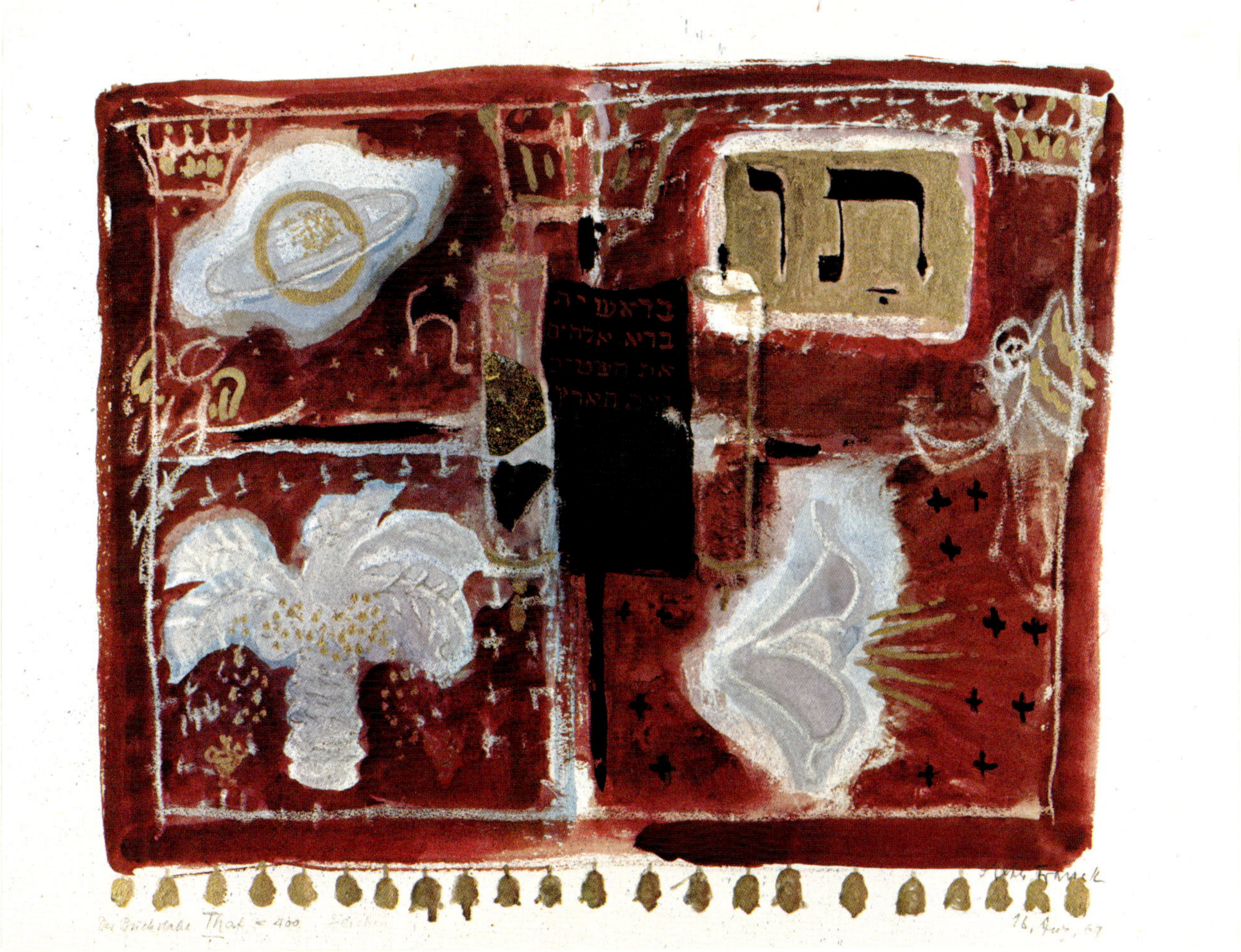
תו
Thaf = 400

# SYMBOLIK DER ZEICHEN

Die Hinweise zu den einzelnen Zeichen können nur andeutende Einblicke in die Welt der Entsprechungen geben, wie sie die jüdische Tradition von jeher kennt. Es sind Kostproben aus Friedrich Weinrebs Büchern; wem der Geschmack zusagt, der findet dort zu jedem hier angeschlagenen Ton die reichste Instrumentierung. Vor allem sei auf vier Werke hingewiesen, die das hebräische Alphabet zum Thema haben, wobei der Autor in jedem Buch einen anderen Aspekt herausarbeitet: »Zahl, Zeichen, Wort« (Rowohlts Deutsche Enzyklopädie, Band 383, 1978); »Wunder der Zeichen, Wunder der Sprache« (Origo Verlag 1979); »Buchstaben des Lebens« (Herderbücherei, Band 699, 1979); »Die Symbolik der Bibelsprache« (Origo Verlag 1969). Was darin aus den alten Quellen mitgeteilt und von Friedrich Weinreb in eine heute verständliche Sprache »übersetzt« wird, könnte auch eine Wende in der Sprachwissenschaft bringen, die ihr Thema gegenwärtig fast bis zur Unkenntlichkeit zu zersplittern im Begriff ist.

Jeder der 22 Buchstaben der Ursprache – wie man das Hebräische auch nennen kann – ist noch wie die Hieroglyphe Bild, Zeichen für eine Sache (Name) und Lautzeichen sowie mit einer bestimmten Zahl identisch. Darin zeigt sich ein grundlegender Unterschied zu dem uns vertrauten Verständnis von Sprache. Die Sprache selbst allerdings »weiß« davon: Im Wort »erzählen« – und nicht nur im Deutschen, sondern auch in fast allen anderen Sprachen – ist der Begriff »Zahl« enthalten, obwohl der Vorgang des Erzählens mit Zahlen in unserem Sinn gewiß nichts zu tun hat.

In den »Buchstaben des Lebens«, die vom Autor als Tischgespräch der Weisen erzählt werden, läßt Weinreb den Jochanan sagen: »Ich will euch etwas erzählen, was uns vom Sinai her überliefert ist. Die Buchstaben sind im Jenseits Zahlen. Dort aber sind die Zahlen, diese kalten irdischen Proportionen, Gefühle, Qualitäten... Als Qualitäten sind sie die echten, die absoluten Zahlen... Dort hat alles ganz genau seinen Sinn, die Qualität ist entscheidend. So ist auch die Wurzel von allem, die Liebe, eine Qualität, nicht quantitativ meßbar, nicht konstruierbar... Weil die Zahlen im Jenseitigen, und allein dort, exakt anwesend sind, weil die Zahlen durch ihren Qualitätswert die jenseitige Anwesenheit der Buchstaben sind, die diesseits zu Konsonanten werden, quantitativ meßbar und feststellbar, deshalb können wir erzählen. Die exakte Zahl jenseits ermöglicht uns, im Diesseits zu erzählen. Hier, im Zeit-Räumlichen, sind jene Zahlen die Buchstaben. Und diese Buchstaben kommen in jeder Sprache vor. Mit ihnen kann man alle Geschichten der Welt aus allen Zeiten in allen Sprachen erzählen.«

Eine weitere Besonderheit der Ursprache: Jedes der 22 Zeichen hat einen Namen; und im Unterschied zum Griechischen etwa, wo Alpha oder Gamma nur noch Klanghülsen ohne Kern sind, erweisen sich Alef oder Gimmel als beziehungs- und bedeutungsreiche Namen. »Der Name«, heißt es in der »Symbolik der Bibelsprache«, »ist die Verbindung der sichtbaren Dinge mit dem Wesentlichen. Die Kenntnis des Namens bedeutet, daß man die Formel kennt, die hier wie dort stimmt.«

Auf ein Drittes noch ist hinzuweisen, das im Verlauf der Neuzeit immer mehr in Vergessenheit geraten und heute fast unverständlich geworden ist: die allseitigen Zusammenhänge zwischen Mikrokosmos und Makrokosmos, den Dingen und den Gefühlen, zwischen dem Menschen und der Welt. »Unser Haus«, schreibt Weinreb in der »Symbolik«, »ist zugleich auch die Welt. Die Tür im Haus ist die Verbindung mit draußen, das Dach die Verbindung mit oben, die Geräte im Haus – Tische, Stühle usw. – sind Dinge, die alle identisch sind mit dem Weltall. Der Mensch selber ist es auch mit allen seinen Körperteilen und Begriffen.«

Nach alter Überlieferung werden die 22 Zeichen unterteilt in 3 Mütter- (auch Väter-)

Buchstaben, 7 doppelte und 12 einfache; die Prägung in 3-heit, 7-heit und 12-heit findet sich überall in der Welt und im Menschen wieder. Das alte Wissen kennt u.a. 7 Tage der Woche, 7 Planeten (wobei die Sonne als Planet zählt), 7 Fruchtarten, 7 Metalle, 7 Väter, 7 Öffnungen des Hauptes; in 12-heit erscheinen u.a. die Tierkreiszeichen, die den 12 Söhnen Jakobs entsprechen, die Monate des Mondjahrs, die »Organe« des Menschen; die grundlegende 3-heit zeigt sich u.a. in der alten anatomischen Sicht, die den Menschen in Haupt, Brust mit dem Rumpf bis zum Zwerchfell und Unterleib einteilt.

Aus der unendlichen Fülle symbolischer Entsprechungen, die mit jedem Zeichen aus dem Nichts aufgerufen werden, sind im Folgenden vor allem diejenigen angedeutet, welche die Zugänge zur Tiefendimension von Dieter Francks Aquarellen erschließen helfen. Vielleicht geschieht es, daß dadurch ein Betrachter unversehens ins weite Feld des eigenen Erlebens gerät und ihm eine Tür sich öffnet, von der er – um mit Joseph Roth zu sprechen – »die ganze Zeit gedacht hatte, sie wäre keine Tür, sondern ein Teil der Mauer, die ihn umgab«.

א

ALEF bedeutet »Haupt«, »Haupt eines Stiers«; als Zahl ist es die 1. Klanglos, obwohl ein Konsonant: Die Welt hat das Unaussprechbare zur Basis; das Prinzipielle läßt sich nicht aussprechen. Das Alef ist einer der drei Mütter- (auch Väter-)Buchstaben; als solcher entspricht er beim Menschen der Brust, dem Herz (»das Geheimnis in der Brust bewahren«). Alef drückt – auch in seiner Form – die zur Harmonie gekommenen Gegensätze aus.

Die Welt erscheint im Zeichen des Stiers, von dem nur das Haupt und ein Teil des Rumpfes hier sichtbar werden; der Unterleib mit den Geschlechtsorganen – das Geheimnis der Herkunft – bleibt verborgen. Weil der Stier hier unvollkommen erscheint, kann er auch zum »stoßenden Ochsen« werden (Unheil »stößt einem zu«). Jakobs Lieblingssohn Joseph wird als »Stier« gesehen, Rahel als schöne Mutter, die ihn gebiert.

ב

BETH bedeutet »Haus«; als Zahl ist es die 2. Der erste der sieben doppelten Buchstaben, entspricht bei den Schöpfungstagen dem ersten (Sonntag), bei den Planeten der Sonne, bei den Metallen dem Gold, bei den Vätern Abraham, bei den Früchten dem Weizen, bei den Öffnungen des Hauptes dem rechten Auge.

Die Schöpfung – die Welt der 2-heit – ist das Haus, in dem der Mensch lebt. Explosionsartig durchbricht der b-Laut die Stille, »die Gefäße zerbrechen«, aus der Vielheit beginnt der Weg zur Einheit. Die Einswerdung ist die Freude des Lebens, »Scherben bringen Glück«. Das Erzählen fängt mit dem Beth an wie die Thora mit dem Wort »Bereschit« (Im Anfang).

Das »Haus« wird auch im Bild des Weiblichen, der »Frau«, der Erde gesehen, welches das Männliche, den »Mann«, den Himmel zu empfangen sich sehnt.

ג

GIMMEL bedeutet »Kamel«; als Zahl ist es die 3. Der zweite der sieben doppelten Buchstaben, entspricht bei den Schöpfungstagen dem zweiten (Montag), bei den Planeten dem Mond, bei den Metallen dem Silber, bei den Vätern Isaak, bei den Früchten der Gerste, bei den Öffnungen des Hauptes dem linken Auge.

Das »Kamel« trägt den Menschen durch die »Wüste«; es bewahrt das »Wasser«, dessen der Mensch bedarf, um durch die »Zeit« zu kommen. Drei sind es, die den Weg durch die Wüste geleiten: Mose, Aaron, Mirjam; sie stammen von Levi, dem dritten Sohn Jakobs, und bilden dessen drittes Geschlecht. Auf dem Weg erfährt der Mensch das Glück, den Reichtum, das Blühen des Ganzen, aber auch die Versuchung, die Gefahr, die das nur sinnenhafte Sehen – das »linke« Auge – birgt.

ד

DALETH bedeutet »Tür«; als Zahl ist es die 4. Der dritte der sieben doppelten Buchstaben, entspricht bei den Schöpfungstagen dem dritten (Dienstag), bei den Planeten dem Mars (»mardi«), bei den Metallen dem Eisen, bei den Vätern Jakob, bei den Früchten dem Weinstock, bei den Öffnungen des Hauptes dem rechten Ohr.

Das »Kamel« trägt den Menschen durchs »Haus« der Welt zur »Tür«; ist diese offen, dann ist der Mensch auch offenständig für die Andere Welt, er kann mit dem *rechten* Ohr vernehmen. Der dritte Schöpfungstag ist der Tag der Gegensätze: Die Wasser versammeln sich an einem Ort, so daß sich das Trokkene zeigen kann. Ist die »Tür« geschlossen, gewinnen die Gegensätze »schneidende« Schärfe. Der Baum, »der Frucht macht«, erscheint, die Fruchtbarkeit mit ihrer Vielheit, das Die-Existenz-behaupten. Vernimmt aber der Mensch auf rechte Weise, kann er von der Vielheit zur Einheit gelangen.

ה

HE bedeutet »Fenster«; als Zahl ist es die 5. Der erste der zwölf einfachen Buchstaben, entspricht bei den Tierkreiszeichen dem Widder, im Mondjahr dem Monat »nisan«, bei den zwölf Organen dem rechten Arm mit rechter Hand.

Durch das »Fenster« strömt das Licht der Anderen Welt ins »Haus« und erhellt es; behaust sind wir nur, wenn diese Verbindung zur sinngebenden Grundlage besteht. An der Form des He drückt sich die »Fensteröffnung« links oben aus. Das He ist das Zeichen der Vollendung: Die Schönheit des »Hauses« der Welt ist ein Lied; aber erst das Erspüren der Beziehung dieser Welt zu einem befruchtenden Jenseits bringt das »Lied der Lieder« oder das »Hohelied«, wie es auch genannt wird.

Im Monat »nisan« wird das Pesach-Fest (Passah) gefeiert, das im Zeichen des Lammes steht. Im Hebräischen heißt das Tierkreiszeichen, das uns unter dem Namen Widder bekannt ist, »tleh«. Der Widder ist »an der Grenze vorbei«. Die Grenze ist die »Himmelsfeste«, unüberschreitbar in jedem Sinn, weil sie zwei verschiedene Seinsbereiche trennt. Die durch die »Fensteröffnung« geschenkte Ein-sicht in die Zusammenhänge drückt sich dann auch im »rechten« Handeln aus.

ו

WAW bedeutet »Haken(, der verbindet)«; als Zahl ist es die 6. Der zweite der zwölf einfachen Buchstaben, entspricht bei den Tierkreiszeichen dem Stier, im Mondjahr dem Monat »ijar«, bei den zwölf Organen dem linken Arm mit linker Hand.

Der Haken verbindet; wenn wir »und« sagen, steht im Hebräischen das Zeichen Waw. Es heißt, daß die 6 Tage der Schöpfung jene Welt, die vor der Schöpfung bestand, mit unserer Welt, die der 7-te Tag genannt wird, verbinden. Das Zeichen Waw entspricht dem Menschen, der in seiner Anwesenheit das Sichtbare mit dem Unsichtbaren, das Diesseits mit dem Jenseits verbindet. Als »Verbinder« steht der Mensch im Zeichen des »Bundes«. Im Monat »ijar« wird die »Stiftshütte«, die Umhüllung der Wohnung Gottes mit der »Bundeslade«, errichtet, die durch 50 goldene »wawim« (Mehrzahl von »waw«) zusammengehalten und zur Einheit gebracht wird.

## ז

SAJIN bedeutet »Waffe«, »Schwert«; als Zahl ist es die 7. Der dritte der zwölf einfachen Buchstaben, entspricht bei den Tierkreiszeichen den Zwillingen, im Mondjahr dem Monat »siwan«, bei den zwölf Organen dem rechten Bein mit rechtem Fuß.

Die Welt, in der wir leben, ist der 7-te Tag, der noch nicht zu Ende ist. Bei den vorhergehenden 6 Schöpfungstagen steht am Ende jedes Tages die Formel: »Und es ward Abend, und es ward Mogen, der ...te Tag«, beim 7-ten Tag aber fehlt sie. Fortwährend ist man hier mit dem Gegensatz beschäftigt, daher ist es auch die Welt des »Schwertes«. Der Mensch auf seinem Weg – das rechte Bein weist auf das Verspüren des Weges hin – erlebt auf dem Zug durch die Wüste die Offenbarung des Wortes am Sinai (das christliche Pfingsten), dessen im Fest »schawuot« im Monat »siwan« gedacht wird.

## ח

CHETH bedeutet »Umzäunung«, »Abgrenzung«; als Zahl ist es die 8. Der vierte der zwölf einfachen Buchstaben, entspricht bei den Tierkreiszeichen dem Krebs, im Mondjahr dem Monat »thammuz«, bei den zwölf Organen dem linken Bein mit linkem Fuß. Der 8-te Tag ist die kommende »fette«, die messianische Zeit. In dieser Welt aber wird das »Fette«, der Überfluß zur Versuchung: Man kapselt sich ab, macht einen »Zaun« um sein Wohlbefinden. Die »Fensteröffnung« beim He ist jetzt beim Cheth geschlossen. Am 17. Tag des Monats »thammuz« zerbricht Mose die beiden Tafeln, als er sieht, daß das Volk während seiner Abwesenheit ein »goldenes Kalb« als seinen Gott erwählt hat.

Cheth ist auch die Sprechfähigkeit im Menschen; das Sprechen wird im Zusammenhang mit einem Sich-unbewußt-bewegen gesehen, worauf der linke Fuß hinweist.

## ט

TETH deutet auf »Gebärmutter«; als Zahl ist es die 9. Der fünfte der zwölf einfachen Buchstaben, entspricht bei den Tierkreiszeichen dem Löwen, im Mondjahr dem Monat »ab«, bei den zwölf Organen der rechten Niere.

Teth ist der Ort, an dem sich das Neue entwickelt, das Dunkle, in dem es sich vorbereitet, um ans Licht zu treten. Die 9-te Plage in Ägypten ist die Finsternis. Am 9-ten Tag des Monats »ab« wird der Tempel verwüstet; damit scheint alles zu Ende und eine Zeit ohne Kenntnis des Innersten angebrochen.

Es beginnt das Exil, Entsprechung zum Hineingeborenwerden des Menschen in die Welt. Zum Kind tritt die »Melodie«, die Seele. Aus dem Dunkel kommt es in die Freiheit, eine Freiheit, die zugleich Verbannung ist.

Teth entspricht im Menschen dem Geschmack und dem Ton in einer Melodie. Geschmack hat, wer die verborgene Harmonie spürt. Man sagt im Chassidismus, daß eine Melodie die Worte bis zum Himmel emporzuheben vermag.

## י

JOD bedeutet »Hand«; als Zahl ist es die 10. Der sechste der zwölf einfachen Buchstaben, entspricht bei den Tierkreiszeichen der Jungfrau, im Mondjahr dem Monat »ellul«, bei den zwölf Organen der linken Niere.

Die »Hand« ist jetzt da, eine neue Ebene, Grundlage und Mysterium unseres Handelns. Der Begriff 10 bedeutet: Die Welt des Tuns beginnt. Am ersten Tag des Monats »ellul« fängt Gott an, »ins Horn des Widders zu blasen«. Dadurch entsteht die Welt. Nach alter Überlieferung wird der Schofar in genau festgelegtem Maß geblasen: 1 langgezogener Ton, darauf 3 Töne – zusammen so lang wie der langgezogene –, darauf 9 Töne, die zusammen nicht länger als der erste Ton sein dürfen.

## כ

KAF bedeutet »zugreifende Hand«; als Zahl ist es die 20. Der vierte der sieben doppelten Buchstaben, entspricht bei den Schöpfungstagen dem vierten (Mittwoch), bei den Planeten Merkur (mercredi), bei den Metallen dem Quecksilber, bei den Vätern Mose, bei den Früchten der Feige, bei den Öffnungen des Hauptes dem linken Ohr.

Im Kaf erlebt der Mensch das Greifen und Begreifen, die direkte menschliche Bewegung beginnt. Am 4-ten Schöpfungstag werden die Sterne erschaffen als Ausdruck des Prinzips, das uns die irdische Existenz ermöglicht, und nicht als Zeichen am Himmel für sich und fern von uns.

## ל

LAMED bedeutet »Ochsenstachel«; als Zahl ist es die 30. Der siebte der zwölf einfachen Buchstaben, entspricht bei den Tierkreiszeichen der Waage, im Mondjahr dem Monat »tischri«, bei den zwölf Organen der Leber.

Der Stier des Anfangs im Alef fängt an sich zu bewegen: Das Tun, das weiterbringt. In den Monat »tischri« fällt »sukkoth«, das Laubhüttenfest. Das »Dach« soll durchlässig sein, damit der Himmel hineinblicken kann. In den Kriegen von »Gog und Magog«, die zum Zeitpunkt der »sukkoth« stattfinden, kämpft alles, was ein »festes Dach« haben – sich also abschließen will – gegeneinander. An Laubhütten, d. h. Durchbrechen des »Hauses« dieser Welt, wird im Tempel das Wasser ausgegossen; da wird auch, wie es heißt, im Himmel am Tisch des Messias der Urfisch, der Leviathan, verspeist, auf dem die Welt ruht und der die Welt durch die Zeit begleitet. Die Zeit ist überwunden; immerwährend ist auch »Endzeit«, Ende der Zeit.

## מ

MEM bedeutet »Wasser«; als Zahl ist es die 40. Das Mem ist einer der drei Mütter- (auch Väter-)Buchstaben; als solcher entspricht er beim menschlichen Körper dem Unterleib. Es ist das Zeichen des Kühlen, des Wassers. So groß ist die Kälte, daß Materie entstehen kann, aus der sich die Körper dieser Welt formen. 40 ist der Begriff der Zeit, lange Zeit. Das Hieroglyphenzeichen der Wellenlinien hat auch unser »m« geformt. In der Zeit ist man eingetaucht wie im Wasser und kann in ihr, wie im Wasser, auch ertrinken. Die Zeit reinigt aber auch, sie besänftigt; ihr Fließen erweckt im Menschen das Gefühl, daß es auf ein Ziel zugeht. Die Zeit ist hoffnungsträchtig.

## נ

NUN bedeutet »Fisch«; als Zahl ist es die 50. Der achte der zwölf einfachen Buchstaben, entspricht bei den Tierkreiszeichen dem Skorpion, im Mondjahr dem Monat »cheschwan« oder »marcheschwan«, bei den zwölf Organen der Milz.

Die 50 ist ein Neubeginn; 40 Jahre führte Mose den Weg durch die Zeit der 7 x 7. Das 50. aber – man könnte auch sagen das 8-te –, den Übergang ins verheißene Land, bewirkt Jehoschua, »der Sohn des Nun«, wie er genannt wird. Im 50. öffnet sich der Blick ins verheißene Land.

ס

SAMECH bedeutet »Schlange«; als Zahl ist es die 60. Der neunte der zwölf einfachen Buchstaben, entspricht bei den Tierkreiszeichen dem Schützen, im Mondjahr dem Monat »kislev«, bei den zwölf Organen der Galle.

Die Schlange veranlaßt den Menschen, vom Baum des Wissens zu nehmen. Das ermöglicht die Existenz in dieser Welt, bringt zugleich das Leiden in und an der Zweiheit. Die Gewißheit des Nun wird sogleich von der Schlange angegriffen, damit der *ganze* Weg gegangen werden kann. Das Böse stellt sich in den Weg, hindert, weil es durchschaut werden will.

Am 25. Tag des Monats »kislev« und in den sieben folgenden Tagen brennt im Chanukka-Leuchter das Öl; erst nur ein Licht, jeden Abend eines mehr, bis am 8-ten Tag 8 Lichter brennen. Dieses »Lichter«-Fest fällt in den Dezember; auch beim christlichen Weihnachtsfest spielt das Licht aus dem Salböl eine wichtige Rolle.

ע

AJIN bedeutet »Auge«, »Brunnen«, »Quelle«; als Zahl ist es die 70. Es ist der zehnte der zwölf einfachen Buchstaben, entspricht bei den Tierkreiszeichen dem Steinbock, im Mondjahr dem Monat »teweth«, bei den zwölf Organen dem Darm.

Wie Alef ist Ajin ein klangloser Konsonant. Das Wahrnehmen des Menschen mit dem »körperlichen« Auge kann zur Einheit führen, indem man gleichsam die Grenzen überschreitet, die diesem Vermögen gesetzt sind. Das Auge als »Quelle« vermittelt uns den Strom des Geschehens als eine lebendige Erfahrung. Symbolik ist die Ein-sicht, ist das Erfassen des verborgenen Wertes.

Am 10-ten Tag des 10-ten Monats »teweth« fallen die Mauern Jerusalems. Das 10-te Geschlecht, heißt es, lacht nur noch über Gott und über die Arche, dieses pyramidenförmige, wenig seetüchtig scheinende Gefährt, das Noah auf Gottes Geheiß baut.

Über zwei Ziegenböcke wirft der Hohepriester am 10-ten Tag des Jahres das Los, das entscheidet, welcher der beiden im Haus Gottes bleibt und welcher zu Asasel in die Wüste geschickt wird.

פ

PEH bedeutet »Mund«; als Zahl ist es die 80. Es ist der fünfte der sieben doppelten Buchstaben, entspricht bei den Schöpfungstagen dem fünften (Donnerstag), bei den Planeten Jupiter (jeudi), bei den Metallen dem Zinn, bei den Vätern Aaron, bei den Früchten dem Granatapfel, bei den Öffnungen des Hauptes dem rechten Nasenloch.

Durch die Nase wird dem Menschen von Gott der Lebensodem eingehaucht. Wenn das Auge gesehen hat, beginnt das Sprechen, das Gespräch. Das Wort, alles enthaltend, kommt vom 8-ten Tag her, von der Anderen Welt. Der Mund verleiht dem Wort Leben, ruft das Unsichtbare in die Gegenwart, in die Erscheinung. »Gott spricht und die Welt ist.« *Unser* Tun ist eigentlich dieses Sprechen. Unser Tun flößt demjenigen Leben ein, das sonst nur Möglichkeit, blasser Gedanke geblieben wäre. Verbunden sind der Mund, der spricht, und das Ohr, das vernimmt. Daraus kommen unsere Stimmungen und Verstimmungen, aber auch unser Gefühl des Bestimmten und Unbestimmten.

צ

ZADE bedeutet »Angelhaken«; als Zahl ist es die 90. Es ist der elfte der zwölf einfachen Buchstaben, entspricht bei den Tierkreiszeichen dem Wassermann, im Mondjahr dem Monat »schwat«, bei den Organen dem Magen.

Der Mensch muß aus der Zeit gefischt werden, sonst ertrinkt er darin. Das Nichtertrinken ist die Voraussetzung für das Trinken. Er verdurstet, wenn er hier sinnlos lebt. Eine alte Geschichte erzählt, daß beim Durchzug Israels durchs Meer die Wasser sich spalten und die aufgetürmten Mauern den Vorüberziehenden köstliches Wasser zum Trinken in ihre Becher träufeln. Dann ist Zeit ein Labsal.

Der Zaddik, der »Bewährte«, ist ein »Menschenfischer«, befreit den Menschen aus dem Gefangensein in der Zeit. Bei seinem Fang *kann* der Zaddik gar nicht viele Worte sprechen, denn im Wasser, in der Zeit, ist man wie taub für die Stimme von außerhalb. Der Zaddik lebt deshalb still und bescheiden; man weiß eigentlich nie, ob jemand ein Zaddik ist.

Das Tierkreiszeichen »dli«, das wir Wassermann nennen, heißt eigentlich »Eimer«, »Schöpfeimer«. Große Freude herrscht im Tempel, wenn am Laubhüttenfest das Wasser mit Eimern ausgegossen wird; die Weisen, heißt es, zeigen dabei eine Ausgelassenheit wie sonst nur Kinder.

ק

Kof bedeutet »Nadelöhr«, »Affe«; als Zahl ist es die 100. Der zwölfte der zwölf einfachen Buchstaben, entspricht bei den Tierkreiszeichen den Fischen, im Mondjahr dem Monat »adar«, bei den zwölf Organen dem Mastdarm.

Die Ebene der Zehner ist jetzt zu Ende, der Mensch steht an der Grenze zu einer neuen Welt. »Reich und weise« aber kommt er nicht durchs »Nadelöhr«; so winzig ist der Zugang von der einen zur anderen Seite, fast unmöglich, man kann es kaum glauben. Als dem 100-jährigen Abraham durch die drei Boten der langerwartete Sohn angekündigt wird, halten er und Sarah es für unmöglich, »zum Lachen« (Isaak, hebräisch Jizchak, bedeutet »es ist zum Lachen«). Das Kind aber wird geboren. Kof ist die überraschende Wende, das Wunder, ein Durchbrechen des Gesetzmäßigen. Der Glaube, das Vertrauen geht wie das »Kamel« durchs »Nadelöhr«; der »Reiche« aber – alles im Menschen, das vom Denken und den Erfahrungen ausgeht – kommt nicht durch, bleibt Nachäffen, also »Affe«.

ר

Resch bedeutet »Haupt«; als Zahl ist es die 200. Der sechste der sieben doppelten Buchstaben, entspricht bei den Schöpfungstagen dem sechsten (Freitag), bei den Planeten der Venus (vendredi), bei den Metallen dem Kupfer, bei den Vätern Joseph, bei den Früchten der Olive, bei den Öffnungen des Hauptes dem linken Nasenloch.

Von der Form dieses Buchstabens her zeigt sich, daß im Vergleich mit dem Beth, 2, und dem Kaf, 20, beim Resch, 200, die Basis des Zeichens während des Aufsteigens zum höchsten Wert immer kleiner wird. Die Basis ist diese Welt, der obere Teil die Andere, die himmlische Welt, und dahin tendiert das Wesentliche des Menschen. Im Haupt ist alles zusammengefaßt. Wie der Kopf den Körper dirigiert, so herrscht das Reich des Himmels über das Reich der Erde.

Der 6-te Schöpfungstag, der Freitag, verweist auch auf das Karfreitagsgeschehen. Die »kupferne Schlange«, aufgerichtet am Kreuz, vermag zu heilen.

ש

Schin bedeutet »Zahn«; als Zahl ist es die 300. Das Schin ist einer der drei Mütter- (auch Väter-)Buchstaben; als solcher drückt er das Haupt des Menschen aus. Es ist das Zeichen von oben, das Geheimnis, das sich in dieser Welt nur in versengender Hitze ausdrücken könnte. Ist das Mem der Begriff der Erde, so ist Schin der Begriff des Himmels, während Alef das Gleichgewicht zwischen beiden darstellt.

Die Zähne, die zerkleinern, sind wichtig für das Essen, hebräisch »achol«: eine Verbindung des Begriffes »alles« (»chol«) mit dem Begriff »eins«. »Zahn« hat also mit dem Sinn des Lebens zu tun, und der Sinn wird durch die schwarze Kapsel dargestellt, die als »tefillin«\* des Hauptes auf der Stirn und am linken Arm getragen werden.

Die 32 Teile des Gebisses sind identisch mit den 32 Wegen, die die Vielheit der Erscheinungen zu einem lebendigen Ganzen vereinen.

---

\*»Gebetsriemen« (nach der Weisung von Ex. 13, 9 und Deut. 6, 8 bzw. 11, 18); sie bestehen aus Lederriemen und zwei Lederkapseln, wovon die eine, innen viergeteilt, am Haaransatz oberhalb der Augen, die andere am linken Arm gegenüber dem Herzen getragen wird. In den Kapseln befinden sich Pergamentstreifen mit dem Text von Ex. 13, 1–10, 11–16; Deut. 6, 4–9; 11, 13–21.

TAW bedeutet »Zeichen«; als Zahl ist es die 400. Der siebte der sieben doppelten Buchstaben, entspricht bei den Schöpfungstagen dem siebten (Samstag, Sabbat), bei den Planeten dem Saturn (Saturday), bei den Metallen dem Blei, bei den Vätern David, bei den Früchten der Dattel(palme), bei den Öffnungen des Hauptes dem Mund.

Das Hieroglyphenzeichen für Taw ist das Kreuz, die Teilung in vier; die Horizontale wird von einer vertikalen Dimension geschnitten. Durch das Sprechen des Mundes zieht der Mensch sich das »Kreuz« zu. Das »Zeichen« verbindet alle Ebenen, alle Möglichkeiten, alle Welten.

Die 400 ist quantitativer Ausdruck einer Gefangenschaft, einer Bedrängnis; 400 biblische Jahre ist es Israel in der Gefangenschaft verwehrt, seine Bestimmung zu erfüllen. Taw als Ende *hier* verweist auf das jenseitige *Dort*, das durch ein »Messen« nicht zu erschließen ist; jede Meßbarkeit endet bei und mit der 400. Die 500 aber, jenseits aller ausdrückbaren Zeichen, bildet – wie es heißt – den »Umfang« vom »Baum des Lebens«. Dessen Früchte aber seien für die bestimmt, »die nach ihm greifen«. Die Überlieferung nennt die Thora (also die 5 Bücher Mose) auch den »Baum des Lebens«.

# AUS DER ÜBERLIEFERUNG

Die Welt ist erschaffen. Sie strahlt in unendlicher Vielfalt. Kann man sie fassen? Da hört der Mensch aus dem Gegenüber der Schöpfung rufen: »Aus dem Nichts ist die große Vielfalt hervorgegangen.«

Einsam fühlt sich das Nichts. Es möchte erkannt werden. Deshalb entsteht das Gegenüber der Vielfalt. Das aber verliert sich in Selbstbetrachtung und vergißt das Nichts. Wie kann es auch das Nichts fassen?

Da entdeckt es im Nichts die Worte, Geschichten, alle gebaut aus 22 Zeichen, der Grundlage aller Worte, aller Geschichten. Und der Mensch erkennt, daß in den Zeichen, die das Geheimnis des Nichts tragen, auch sein eigenes Geheimnis wohnen müsse. Sind doch auch die Zeichen des Wortes ICH im Wort NICHTS enthalten.

Wie aber in die Welt des Nichts gelangen? Nur das Feinste, das Subtilste, frei von Einflüssen des Zeitstroms, ist imstande, das Nichts zu verstehen. Man kann es nicht studieren. Da sieht er, daß er selbst aus zwei Seiten besteht, die eine in der Vielfalt lebend, die andere in der Welt des Nichts. Um ewig leben zu können, muß er beide Welten verbinden. Und er begibt sich mit seiner Hauptsache in die Welt der Zeichen, während die andere Seite in der Welt der Vielfalt bleibt. Jetzt kennt er die Zeichen aus dem Nichts. Jetzt sieht er, daß sie Bausteine seines Lebens sind, und alle Geschichten aus ihnen geboren werden. Und er erzählt Geschichten von den Zeichen. Alles wird klar, in der Vielfalt der Schöpfung erkennt er durch die Geschichten sich selbst. Und mehr und mehr sich selbst erkennend, findet er zurück zur Einheit aller Welten.

אבגדה
וזחטי
כלמנס
עפצקר
שת
22. Juli 1964
nach einem alten Holzschnitt

# Sagen

Und der Herr sprach in seinem Herzen: Soll ich den Menschen den Himmlischen gleichmachen, so wird er ewig leben und nimmer sterben; mache ich ihn den Irdischen gleich, so wird er des Todes sein wie die Irdischen und wird vom ewigen Leben nicht wissen; ich will ihn also den Himmlischen und den Irdischen gleichmachen; so er Sünde begeht, soll er des Todes sterben, so er aber gerecht ist, soll er ein ewiges Leben leben.

*

Neunhundertvierundsiebzig Geschlechter vor der Weltschöpfung war schon die Schrift geschrieben, und sie lag im Schoße des Heiligsten, gelobt sei sein Name, und sang zusammen mit den Heerscharen Loblieder dem Herrn.

Aber, bevor die Welt erschaffen ward, waren doch keine Pergamentrollen da, auf denen man die Schrift hätte schreiben können; auch war kein Vieh da, dem man das Fell hätte abziehen können, um darauf zu schreiben. Wolltest du aber sagen, die Schrift wäre auf Gold oder auf Silber gestochen worden, so kann dies nicht stimmen, denn noch war kein Gold und kein Silber da, und beides war noch nicht geläutert. Meinst du aber gar, die Schrift wäre auf Holztafeln geschrieben worden, nein, auch dies ist nicht möglich, denn noch waren keine Bäume erschaffen worden. Worauf war denn nun die Schrift geschrieben? Auf dem Arme des Herrn selber war sie geschrieben, schwarze Flammen auf weißem Feuer.

Und als der Herr gedachte die Welt zu erschaffen, da beriet er sich mit der Schrift und sprach zu ihr: Ich will eine Welt schaffen, auf daß meine Macht erkannt werde. Als die Schrift dies hörte, sagte sie: Herr aller Welten! Du, der du am Anfang schon das Ende weißt, dem alles Verborgene offen ist, tu, was dein Wille ist. Als der Herr die Rede der Schrift vernahm, gefielen ihm die Worte wohl, und er nahm sie, legte sie vor sich hin und blickte in sie hinein.

Da kamen alle zweiundzwanzig Schriftzeichen vor den Herrn, und ein jegliches sprach vor ihm: Herr aller Welten! laß es deinen Willen sein und fange mit mir die Schöpfung an! So traten sie alle vor den Herrn, von dem Endzeichen Taw angefangen bis zu dem Bet, dem ersten nach dem Anfangszeichen; aber der Herr schob sie von sich; da blieb das Bet stehen und sprach: Herr aller Welten, ist's nicht dein Wille, daß mit mir die Schöpfung anfange; siehe, deine Kinder werden dereinst mit mir deinen Namen benedeien (hebräisch »barech«). Da sprach der Herr: Wohlan, ich will mit dir die Schöpfung anheben.

Als aber das Alef sah, daß der Herr bei dem Bet stehengeblieben war, da stellte es sich an die Seite und schwieg stille, bis der Herr ihm zurief: Alef, warum schweigst du denn? warum sprichst du nicht gleich deinen Genossen? Da erwiderte das Alef und sprach: Herr aller Welten! sind doch alle meine Brüder zurückgestellt worden, und siehe, sie drücken hohe Zahlen aus; um wieviel mehr nun ich, der ich nicht mehr als eine Eins ausmache. Der Herr sprach: Wundere dich nicht darüber; du bist aller Zeichen Haupt und König; ich bin einer, und du bist einer, und weil du dich selber klein gemacht hast, will ich dich groß machen, und du sollst auch die Zahl Tausend bedeuten. Und noch weiter sprach der Herr: Tröste dich, dereinst werde ich meine Gebote mit dir anfangen (mit »anochi«, Ich, beginnen die zehn Gebote).

## Traktat von den himmlischen Hallen, 7. Abschnitt

Mit welchem Buchstaben hat der Heilige, gelobt sei er, die künftige Welt und mit welchem Buchstaben hat er diese Welt erschaffen? Die künftige Welt hat er mit Jod und diese Welt hat er mit He erschaffen. Woher entnehmen wir, daß der Heilige, gelobt sei er, diese Welt mit He erschaffen hat? Weil es heißt (Gen. 2, 4): »behibaram – ihr Erschaffensein.« Lies: beHe baram, mit He schuf er sie. Wenn dem so ist, so sollte das He dem Jod vorangehen? Allein es lehrt, daß er zuerst die künftige Welt erschuf und sie auf die eine Seite hinstellte, und darauf erschuf er diese Welt. Und warum erschuf er diese Welt mit He? Weil sie einer Halle gleicht. Und weshalb gleicht sie einer Halle? Weil jeder, der aus dieser Welt herausgehen will, herausgeht und nichts von seiner Arbeit und Mühe, mit der er sich alle Tage seines Lebens gemüht, in seiner Hand hat. Und warum erschuf er die künftige Welt mit Jod? Weil nur jeder, der sich selbst klein macht in dieser Welt, würdig ist und die künftige Welt erbt, welche mit Jod erschaffen worden ist.

Eine andere Erklärung. So wie das Jod der kleinste von allen Buchstaben ist, so erbt auch in der künftigen Welt nur der, welcher sich selbst klein macht bei dem, welcher kleiner als er in der Thora und in der Weisheit ist, wie es heißt (1. Sam. 17, 14): »Und David war der kleinste.« War denn David der kleinste, er war doch das Haupt der Könige Judas, und der Messias und alle Könige sind von ihm hervorgegangen? Allein weil er sich klein machte, war er würdig und erbte Größe und Herrschaft in dieser Welt und Größe und Herrschaft in der künftigen Welt.

## Sohar

Rabbi Chija sprach: Die schriftliche und die mündliche Lehre haben dem Menschen in der Welt Bestand gegeben, wie es heißt: »In unserem Ebenbilde, nach unserem Gleichnis« (1. Mose 1, 26). Rabbi Jizchak folgert es aus den Worten: »den sie gemacht haben« (Pred. 2, 12). Und dies ist auch die Zweiheit von Bild und Gleichnis: Bild im Männlichen, Gleichnis im Weiblichen, und deshalb beginnt die Thora mit dem Buchstaben der Zweiheit.

Rabbi Jizchak sagte: Warum ist das Beth geöffnet und geschlossen? Es verhält sich dies so, daß in der Stunde, wenn der Mensch sich mit der Thora zu verbinden kommt, sie geöffnet ist, ihn aufzunehmen und mit ihm Gemeinschaft zu machen. Wenn aber der Mensch vor ihr seine Augen verschließt und andere Wege geht, dann ist sie vor der anderen Seite verschlossen. Weshalb es heißt: »Wenn du einen Tag Mich verlassest, so verlasse Ich dich zwei Tage.« Der Mensch findet den Eingang nicht, bis er Umkehr tut, sich mit der Thora Angesicht zu Angesicht zu verbinden, dann kann er sie nicht vergessen. Deshalb öffnet sich die Thora vor den Menschenkindern und ruft ihnen zu: »Zu euch, ihr Menschenwesen, rufe ich« (Sprüche 8, 4), und ferner: »An der Spitze der lärmenden Straßen ruft sie, an den Eingängen der Tore in der Stadt spricht sie ihre Worte« (Sprüche 1, 21).

Rabbi Jehuda sagte: Zwei Striche sind am Beth zu sehen und einer, der sie verbindet: einer für den Himmel und einer für die Erde, und der Allheilige faßt sie zusammen. Rabbi Eleasar sagt: Drei obere, heilige Lichtströme sind da in eins gefaßt, sind die Zusammenfassung der Thora, die schaffen Öffnung für alle: Öffnung dem treuen Zusammenhang, dadurch bilden sie das Haus für alles und werden deshalb »Haus« genannt. Aus diesem Grunde beginnt die Thora mit dem Namen des »Hauses«, weil in ihm das Heil der Welt gelegen ist. Wer daher um die Thora sich müht, ist, als ob er um den heiligen Namen sich mühte, und so wird gesagt, daß die ganze Thora ein heiliger, oberer Name sei. Und weil sie ein heiliger Name ist, beginnt sie mit dem Beth, das den heiligen Namen mit drei Knoten der Treue bindet.

\*

In der Melodie bewegen sich nämlich Konsonanten und Vokale und wogen ihr nach wie Heere ihrem König – körperartig die Konsonanten, geistartig die Vokale – alle fortgetragen im Zuge nach den Bewegungen der Melodie, und bleiben auch mit ihren Pausen stehen.

\*

Und Rabbi Schim'on sprach: »Wehe um die Menschen, die nicht wissen und nicht Acht haben und nicht wahrnehmen, sondern stumpfen Sinnes sind, da sie nicht wissen, wie die Welt voll ist von seltsamen Wesen, unsichtbaren, und von verborgenen Dingen. Denn wäre dem Auge die Macht des Schauens gegeben, die Menschenkinder würden dessen staunen, wie sie überhaupt in der Welt bestehen können.

\*

Als der Allheilige die Welt erschuf, erschuf Er sie in den Buchstaben der Thora. Jeder Buchstabe stieg vor dem Schöpfer auf, bis sie im Zeichen des Beth zur Ständigkeit kamen, und sie wandelten sich in allen möglichen Verbindungen, wodurch die Weltschöpfung ermöglicht wurde.

Als aber hiebei der Buchstabe Teth mit dem Resch sich paaren sollte, stellte sich Teth zur Seite und mochte sich nicht beruhigen – bis der Allheilige es zurechtwies und sprach: »Teth, Teth, warum stellst du dich zur Seite und bist mit deinem Platze unzufrieden?« Da antwortete der Buchstabe: »Hast Du mich nicht zum Haupte des Wortes »gut« gemacht? Die Thora selbst setzt ja in den Urbeginn die Worte: »denn es ist gut«. Und jetzt soll ich mich jenem Buchstaben, der das Haupt des Bösen bildet, gesellen?« – (Mit dem Teth beginnt das Wort »tow«, gut, mit Resch das Wort »ra«, böse.) – Darauf sprach Gott zu ihm: »Kehre an deinen Platz zurück, denn du bedarfst des Resch. Denn der Mensch, den Ich im Begriffe bin zu erschaffen, wird durch euch beide vollendet als Einheit, du aber sollst zu seiner Rechten und das Resch zu seiner Linken sein.« Und so kehrten sie beide an ihre Stelle zurück und gesellten sich zueinander.

In jener Stunde aber hat der Allheilige zwischen beiden geschieden und jedem von ihnen seine Tage und Jahre, die einen zur Rechten, die anderen zur Linken, gesondert erschaffen. Jene sind genannt »Tage des Guten«, diese »Tage des Bösen«. Darum sagt König Salomo: »Ehe da kommen die Tage des Bösen«, das sind jene Tage, welche den Menschen umkreisen als die Folge seiner Sünden. Und damals, als die Tage des Guten und die Tage des Bösen erschaffen waren, kehrten jene Buchstaben versöhnt zurück, um im Menschen ihre Vereinigung und Vollendung zu erfahren. Darum auch sagt König David: »Warum soll ich mich fürchten in den Tagen des Bösen, wenn mich die Schuld meiner Spuren umgibt?« (Psalm 49, 6).

\*

Am Neujahrstage, wenn das Gericht über die Welt ergeht und der Widersacher die Anklage führt, rafft Israel sich auf im Schofar, das ist in jener Stimme, in der Feuer, Wasser und Luft zur Einheit sich binden. Und diese Stimme erhebt sich und steigt auf bis zur Thronstätte des himmlischen Gerichts und erschüttert die Sphären.

Wenn aber diese Stimme von unten kommt, dann erstarkt die Stimme Jakobs oben, und der Allheilige kann Seine Liebe rege machen. Denn wie Israel unten eine Stimme zur Erweckung bringt, zusammengefaßt aus Feuer, Luft und Wasser, die geeint aufsteigt aus dem Schofar, ebenso wird auch oben eines Schofars Stimme erweckt. Und es erstarkt davon wieder die Stimme, die von unten kommt. So steigt denn die eine Stimme hinauf und die andere herab, und davon erstarkt die Welt im Heile und die Liebe wird offenbar.

Jener Ankläger aber, der da glaubte, durch das Walten des Gerichts die Herrschaft zu erringen, gerät in Verwirrung, da er des Erwachens der Liebe gewahr wird. Verwirrung faßt ihn und er wird ohnmächtig zur Tat. Erst dann aber kann der Allheilige die Welt durch Liebe richten, denn es hat sich jetzt die Macht der Liebe mit der Macht des Gerichtes verbunden.

## Moses Cordovero, »Tomor Debora« (Palme Debora)

Siehe, nicht verhält sich der Heilige, gelobt sei er, wie Fleisch und Blut. Hat einer seinen Nächsten erzürnt, und er bemüht sich, ihn zu besänftigen, so erwacht die Liebe von einst nur langsam. Sündigt aber einer gegen Gott und kehrt um, so steht der vor dem Heiligen, gelobt sei er, auf einer höheren Stufe als zuvor. Das lehren unsere Weisen: Wo die Umkehrenden stehen, vermögen die vollkommen Gerechten nicht zu stehen. Der Grund dafür ist im Talmud erklärt. Gott hat die Welt mit dem hebräischen Zeichen He geschaffen. Weshalb gleicht das He einer offenen Halle? Wer aus seiner Welt hinausgehen will, gehe hinaus! Weit offen hat der Heilige, gelobt sei er, die Welt erschaffen zur Seite des Bösen und der Sünde hin. Wie eine Halle ist die Welt nicht völlig geschlossen, sondern aufgebrochen zum Niedern hin, und wer hinausgehen will, findet viele Tore. Offen ist der Weg zur Sünde und Verfehlung und zum Eintritt in die Kräfte der anderen Seite. Aber der Buchstabe He ist auch oben offen. Will einer umkehren, kann er dort empfangen werden. Der Talmud fragt: Weshalb soll der Mensch nicht auf dem gleichen Weg wieder eintreten, auf dem er hinausgegangen ist? Und antwortet: Das möchte ihm nicht gelingen. Denn der umkehrende Sünder bedarf eines andern Zaunes vor der Sünde als der vollkommen Gerechte. Für einen, der nie gesündigt hat, genügt ein kleiner Zaun, für den Umkehrenden reicht der aber nicht aus. Der braucht einen festen, nachdem er durch einen leichten schon hindurchgebrochen ist. Sein böser Trieb möchte ihn versuchen, kommt er einem leichten wieder zu nahe. Gar weit muß man ihn von der Sünde entfernen, und darum soll er nicht durch die breite Öffnung in die Halle zurückkommen. Er steige hinauf, und durch den schmalen Spalt trete er ein. Er kasteie sich, damit die Brüche heilen. Deshalb heißt es: Wo die Umkehrenden stehen, vermögen die vollkommen Gerechten nicht zu stehen. Die Umkehrenden treten nicht bei den vollkommen Gerechten ein, sondern plagen sich, oben einzusteigen; sie kasteien sich und stehen von der Sünde entfernter als die vollkommen Gerechten. Sie steigen auf und stehen in der Stufe des He, im fünften Palast des Paradieses (entsprechend dem Zahlenwert des Buchstaben He), im Dach des He, während die Gerechten in das offene Tor der Halle eingetreten sind. Kehrt einer um, stellt er das He wieder in Ordnung (»teschuwa«, Umkehr, kann auch gelesen werden: »taschuw He«, das He ist in Ordnung gestellt), und der Heilige, gelobt sei er, läßt seine Einwohnung zu ihm zurückkehren.

## Aussprüche des Baal Schem Tow

Wer in seinem Gebet alle Ausrichtungskünste anwendet, die er kennt, der wirkt eben nur, was er kennt. Wer aber das Wort in großer Verbundenheit spricht, dem geht in jedes Wort die Allheit der Ausrichtung von selber ein. Denn jedes Zeichen ist eine völlige Welt, und wer das Wort in großer Verbundenheit spricht, erweckt jene obern Welten und tut ein großes Werk.

In jedem Zeichen sind die Drei: Welt, Seele und Gottheit. Sie verbinden und vereinen sich miteinander. Und danach vereinen und verbinden sich die Zeichen, und es wird das Wort. Sie einen sich mit wahrer Einung in der Gottheit. Und der Mensch soll seine Seele in jedes der Drei einfassen: dann eint sich alles zu Einem, und es wird große Wonne ohne Grenzen.

## Erzählungen der Chassidim

Man fragte Rabbi Pinchas: »Wie ist es zu verstehen, daß die Menschen vor dem Turmbau eine einzige Sprache hatten und daß dann, als Gott sie ihnen verwirrte, jede Menschenschar ihre eigne Sprache bekam? Wie wäre es möglich, daß jedes Volk plötzlich statt der gemeinsamen eine besondere Sprache besäße und sich in ihr verständigte?« Rabbi Pinchas erklärte: »Vor dem Turmbau war allen Völkern die heilige Sprache gemeinsam, außer ihr aber hatte jedes seine eigne. Darum heißt es: ›Alles Erdland hatte eine Sprache‹, die heilige nämlich, ›und einige Reden‹, das sind die zusätzlichen besonderen Völkersprachen. In diesen verständigte sich jedes Volk in sich, in jener verständigten sich die Völker untereinander. Was Gott tat, als er sie strafte, war, daß er ihnen die heilige Sprache nahm.«

*

Rabbi Levi Jizchak sprach: »Es heißt in Jesaja: ›Eine Lehre wird von mir ausgehn.‹ Wie ist das zu verstehn? Wir glauben doch in vollkommenem Glauben, daß die Thora, die Mose am Sinai empfing, nicht getauscht und keine andre gegeben wird; unveränderlich ist sie, und es ist uns verwehrt, auch nur eine ihrer Lettern anzutasten. Aber in Wahrheit sind nicht die schwarzen Lettern allein, sondern auch die weißen Lücken Zeichen der Lehre, nur daß wir sie nicht wie jene zu lesen vermögen. In der kommenden Zeit wird Gott die weiße Verborgenheit der Thora offenbaren.«

*

Rabbi Uri sprach: »Die Myriaden der Lettern der Thora stehen gegen die Myriaden der Seelen Israels. Fehlt eine Letter in der Thorarolle, ist diese ungültig; fehlt eine Seele im Verbande Israels, ruht die Schechina nicht über ihm. Wie die Lettern müssen sich auch die Seelen verbinden und zu einem Verband werden. Warum aber ist es verboten, daß eine Letter in der Thora ihre Gefährtin berühre? Jede Seele von Israel muß Stunden haben, da sie mit ihrem Schöpfer allein ist.«

*

Rabbi Mosche von Kobryn lehrte: »Wenn du ein Wort vor Gott sprichst, geh du mit allen deinen Gliedern in das Wort ein.«
Ein Hörer fragte: »Wie soll das möglich sein, daß der große Mensch in das kleine Wort hineinkomme?«
»Wer sich größer dünkt als das Wort«, sagte der Zaddik, »von dem reden wir nicht.«

# Die Autoren

## Dieter Franck

Geboren 1909 in Schwäbisch Hall. Lebt sehr zurückgezogen auf der Oberlimpurg bei Schwäbisch Hall. Eine früh ausgeprägte Neigung zur Malerei führte ihn nach kurzem Studium der Archäologie und Kunstgeschichte in Freiburg im Breisgau an die Kunstakademie Stuttgart. Lehrer waren dort Gottfried Graf (Holzschnitt) und Alexander Eckener (Radierung), vor allem aber der Maler Anton Kolig, dessen Meisterschüler Dieter Franck wurde. Kunstgeschichtlicher Interessen wegen übersiedelte er nach München, nahm dort ein Atelier und widmete sich intensiv maltechnischen Studien bei Max Doerner. Prägend für seine Münchener Zeit wurde die Kunstauffassung Hans von Marées'. 1938 wurde er Assistent für Radiertechniken an der Stuttgarter Kunstakademie. Kriegsdienst und Gefangenschaft unterbrachen die künstlerische Arbeit, sein Stuttgarter Atelier wurde zerstört.

Nach dem Krieg heiratete er die Malerin Rita Franck-Brümmer und zog nach Schwäbisch Hall, wo er anfänglich als Kunsterzieher seinen Lebensunterhalt verdiente. Öffentliche Aufträge für Farbglasfenster und Mosaiken ermöglichten eine Existenz als freischaffender Künstler auf der Oberlimpurg. Regelmäßige Aufenthalte in La Croix-Valmer/Südfrankreich.

Neben großformatigen Ölbildern (Stilleben, Porträts, figürliche Kompositionen) entstehen Gouachen, Graphik und immer wieder Aquarelle. Die Bilderwelt der literarischen Antike – vor allem die Lektüre Vergils – und die Beschäftigung mit mythologischer Überlieferung, jüdischer und christlicher, prägen seine künstlerische Sicht der Welt.

Bilder und Graphiken Dieter Francks befinden sich in vielen Museen, öffentlichen und privaten Sammlungen im In- und Ausland.

## Friedrich Weinreb

Geboren 1910 in Lemberg. Nach dem Studium der Nationalökonomie und Statistik in Rotterdam und Wien war er von 1932 bis 1942 anfangs als Wissenschaftlicher Mitarbeiter am Niederländischen Ökonomischen Institut, später als Forschungsleiter und Dozent in Rotterdam tätig. Während der Besetzung der Niederlande durch die Nazis leistete er aktiven Widerstand, kam ins Lager, konnte fliehen und lebte im Untergrund. Von 1952 bis 1964 Lehrtätigkeit an verschiedenen Universitäten, u. a. in Djakarta, Kalkutta und Ankara. Experte am Internationalen Arbeitsamt und bei den Vereinten Nationen in Genf. Bis 1961 zahlreiche Publikationen auf dem Gebiet der mathematischen Statistik und der Konjunkturforschung.

Die schon in frühen Studienjahren einsetzende Beschäftigung mit den Quellen des alten jüdischen Wissens, wozu aufgrund der chassidischen Herkunft eine starke persönliche Beziehung bestand, fand in seinem Buch »De Bijbel als schepping«, Den Haag 1963 (deutsch – stark gekürzt –: »Der göttliche Bauplan der Welt«, Zürich 1965), ihre grundlegende Zusammenfassung. Seither widmet sich Weinreb ausschließlich der jüdischen Überlieferung und schriftstellerischer Tätigkeit. Viele Vortragsreisen im In- und

Ausland. 1973 übersiedelte er nach Zürich; dort lehrt er an der Schweizer Akademie für Grundlagenstudien und Quellenforschung.

*Weitere Buchveröffentlichungen F. Weinrebs in deutscher Sprache:*

Die Rolle Esther, Zürich 1968

Die Symbolik der Bibelsprache, Zürich 1969

Das Buch Jonah, Zürich 1970

Hat der Mensch noch eine Zukunft? Zürich 1971

Die jüdischen Wurzeln des Matthäus-Evangeliums, Zürich 1972

Begegnungen mit Engeln und Menschen. Autobiographische Aufzeichnungen 1910–1936, Zürich 1974

Vom Sinn des Erkrankens, Zürich 1974

Leben im Diesseits und Jenseits, Zürich 1974

Wie sie den Anfang träumten. Überlieferung vom Ursprung des Menschen, Bern 1976

Zahl, Zeichen, Wort. Das symbolische Universum der Bibelsprache (Rowohlts deutsche Enzyklopädie, Band 383), Hamburg 1978

Wunder der Zeichen – Wunder der Sprache, Bern 1979

Traumleben. Überlieferte Traumdeutung, 4 Bände, Thauros Verlag München 1979 f.

Buchstaben des Lebens (Herderbücherei, Band 699), Freiburg i. Br. 1979

Die Wurzeln der Aggression, Thauros Verlag München 1980

Selbstvertrauen und Depression (erscheint 1980 im Thauros Verlag München)

Vom Sinn des Lebens. Gedanken über Tod und Leben (erscheint 1980 im Origo Verlag Bern)

Legenden von den beiden Bäumen (erscheint 1980 im Origo Verlag Bern)

Einer kompletten Dokumentation der Vortragstätigkeit Friedrich Weinrebs in Form von Tonbandkassetten widmet sich das Weinreb Tonarchiv, Oberdorfstr. 19, CH-8702 Zollikon; Verzeichnisse und Kassetten sind dort erhältlich.

# NACHWEISE

*Zu den Bildern*
Die Maße der 22 Aquarelle, die alle 1969 entstanden, sind 48 x 63 cm, mit Ausnahme der Blätter
Nun (58 x 77cm)
Samech (48 x 65 cm)
Ajin (48 x 65 cm)
Zade (42 x 56 cm)
Kof (48 x 65 cm)
Taw (48 x 66 cm)
Das Aquarell auf S. 71 trägt den Titel »Der Mensch durchbricht die Himmel (nach einem alten Holzschnitt)«, entstand ebenfalls 1969 und mißt 48 x 63,5 cm (Privatbesitz Erika Mohring). Auch den Text zu diesem Bild schrieb Friedrich Weinreb.

*Zu den Texten*
Die Zusammenstellung und Redaktion der Texte zur »Symbolik der Zeichen« aus Weinrebs Büchern besorgte der Herausgeber, der auch die Auswahl für das Kapitel »Aus der Überlieferung« traf. Die Texte dort wurden entnommen (in der Reihenfolge des Abdrucks):

Die Sagen der Juden, gesammelt von Micha Josef Bin Gorion. Insel-Verlag, Frankfurt am Main 1962, p. 58, p. 38 f.
Jüdischer Glaube, hrsg. von Kurt Wilhelm. Verlag Schünemann (Sammlung Dieterich), Bremen o. J., p. 224 f.
Der Sohar, nach dem Urtext hrsg. von Ernst Müller (ohne Verlags-, Orts- und Jahresangabe), p. 26, p. 85, p. 133, p. 139 f., p. 264 f.
Jüdischer Glaube, p. 274 f.
Des Rabbi Israel Ben Elieser genannt Baal-Schem-Tow das ist Meister vom Guten Namen Unterweisung im Umgang mit Gott aus den Bruchstücken gefügt von Martin Buber, Verlag Jakob Hegner, Köln 1970, p. 64, p. 65.
Die Erzählungen der Chassidim, hrsg. von Martin Buber, Manesse Verlag, Zürich 1949, p. 239 f., p. 369 f., p. 613, p. 642.

Nähere Erläuterungen zu den Quellen der jüdischen Überlieferung sowie ein Verzeichnis derselben findet sich in Friedrich Weinreb, Der göttliche Bauplan der Welt, Bern 1978 (5. Auflage), p. 381 – 384.

# ZEICHEN AUS DEM NICHTS

ZWEIUNDZWANZIG AQUARELLE
ZUR SYMBOLIK DES HEBRÄISCHEN ALPHABETS
VON

## DIETER FRANCK

ALS SERIGRAPHIE IN EINER AUF 150 EXEMPLARE
LIMITIERTEN NUMERIERTEN UND SIGNIERTEN AUFLAGE
GEDRUCKT VON

## EVANGELOS ZACHARIADIS

GESTALTET VON

## OANH PHAM PHU

VERLEGT IM
THAUROS VERLAG MÜNCHEN
1981

*Die in diesem Buch reproduzierten 22 Aquarelle erscheinen im Frühjahr 1981
als Serigraphien nach den Originalen, gedruckt auf echtem französischem Rives-Bütten,
Blattgröße 70 x 57,4 cm.
Interessenten wenden sich bitte an den Verlag.*